MICHAL HVORECKY
geboren 1976, lebt in Bratislava. Auf Deutsch erschienen bereits drei seiner Romane und eine Novelle. Hvorecky verfasst regelmäßig Beiträge für die FAZ, die ZEIT und zahlreiche Zeitschriften. In seiner Heimat engagiert er sich für den Schutz der Pressefreiheit und gegen antidemokratische Bestrebungen.

MIRKO KRAETSCH
studierte Bohemistik und Kulturwissenschaft in Berlin und Prag. Seit 2000 arbeitet er als freiberuflicher Übersetzer aus dem Tschechischen und Slowakischen. Außerdem ist er Literaturvermittler, Moderator und Autor.

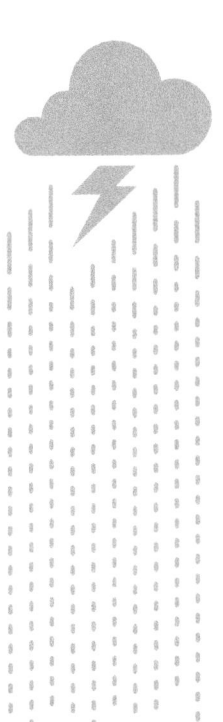

MICHAL HVORECKY

TROLL

ROMAN

AUS DEM SLOWAKISCHEN
VON MIRKO KRAETSCH

TROPEN

Dieses Buch wurde gefördert vom SLOLIA-Ausschuss des Literárne Informaĉné Zentrums in Bratislava, Slowakei.

Tropen
www.tropen.de
Die Originalausgabe erschien unter dem Titel »Trol«
im Verlag Marenĉin Media, Bratislava
© 2017 by Michal Hvorecky
Für die deutsche Ausgabe
© 2018 by J. G. Cotta'sche Buchhandlung
Nachfolger GmbH, gegr. 1659, Stuttgart
Alle Rechte vorbehalten
Printed in Germany
Cover: Zero-Media.net, München
unter Verwendung einer Illustration von © FinePic®, München
Gesetzt in den Tropen Studios, Leipzig
Gedruckt und gebunden von CPI – Clausen & Bosse, Leck
ISBN 978-3-608-50411-8

Dritte Auflage, 2018

Für Dita

»Alle verfluchen Stalin, und zwar mit vollem Recht, aber entschuldigen Sie, wer hat die vier Millionen Denunziationen geschrieben?«

SERGEJ DOWLATOW, DIE ZONE.
AUFZEICHNUNGEN EINES AUFSEHERS, 1982

»Die Menschen haben immer davon geträumt und darauf gehofft, dass ihnen jemand ein für allemal sagt, was das Glück ist – und sie dann mit einer Kette ans Glück fesselt.«

JEWGENI SAMJATIN, WIR

»Ich hoffe, dass niemand der Anwesenden mich verdächtigen wird, dass ich meine persönliche Kritik am westlichen System anbieten würde, um den Sozialismus als Alternative zu präsentieren. Nachdem ich den angewandten Sozialismus in einem Land, wo die Alternative in die Tat umgesetzt wurde, am eigenen Leib erlebt habe, werde ich sicher nicht als Fürsprecher agieren. […] Aber sollte mich jemand fragen, ob ich den Westen, wie er heute ist, als ein Modell für mein Land bezeichnen würde, müsste ich freimütig mit Nein antworten. Nein, ich könnte Ihre Gesellschaft in ihrem gegenwärtigen Zustand nicht als Ideal für die Transformation unserer Gesellschaft empfehlen. Durch intensives Leiden hat unser Land nun eine spirituelle Entwicklung von solcher Intensität erreicht, dass das westliche System in seinem gegenwärtigen Zustand der spirituellen Ermüdung nicht attraktiv erscheint.«

ALEXANDER SOLSCHENIZYN, THE EXHAUSTED WEST

Ein netter Onkel geht beim Spielplatz auf ein Grüppchen Kinder zu.
Freundlich sagt er: Du bist Anka? Und du Ján? Wie alt bist du?
Er bietet ihnen eine Tafel süße Schokolade an.
Die Kinder sind begeistert, schließen auch gleich Freundschaft mit dem Mann.

Und sie erzählen dies und jenes, was sie so tun den ganzen Tag.
Doch dann erkundigt sich der Onkel nach der Fabrik hinter dem Park.
Was sie wohl herstellt und wie viele Arbeiter dort sind?
Ján gibt gleich Auskunft, Anka auch. Der Onkel lächelt: Braves Kind!

Nur Peter, der schon Pionier ist, dem kommt der Mann verdächtig vor.
Die Genossen bei der Polizei haben für ihn ein off'nes Ohr.
Sehr gut Peter, du warst wachsam, dieser Mann ist ein Spion:
Er schadet unserm Staat und wird vom Dollarkönig reich belohnt.

KRISTA BENDOVÁ: PIONIERMARSCH

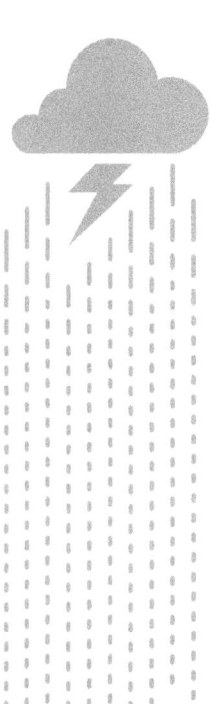

1. TEIL
KÚKAV

Ich bin der verhassteste Mensch im hiesigen Internet. Meine Visage hat wahrscheinlich jeder schon gesehen. Mein durchgestrichenes oder blutiges Gesicht verbreitet sich in den sozialen Netzwerken mit dem Tempo von zehntausend Hates pro Stunde. So viel Hass rufen weder erbärmliche Leistungen von Fußballern noch brutale Niederlagen beim Eishockey hervor. Ja, nicht einmal mehr der Präsident oder die Premierministerin. Im Vergleich zu mir scheint sogar die Eurovisionssiegerin mit ihrem Lied vom traurigen Elefanten im fröhlichen Zoo allseits beliebt zu sein. Die Politiker aus Opposition und Regierung danken mir heimlich – die Wut der Menschen ist endlich umgeleitet worden. Meine Fotos wandern durchs Netz, ergänzt um Aussagen, die ich nie getätigt habe. Wer würde das auch überprüfen? Nachrecherchiert hat man früher mal, vor langer, langer Zeit ... In einer anderen Galaxie. Recherchieren ist old-school. Höchstens noch retro.

Ich bin das wandelnde Gegenteil eines Motivationsspruchs.

Ein Meme.

Ein animiertes GIF.

Die Imitation einer Information.

Die Fotos sind grässlich und breiten sich aus wie ein digitaler Flächenbrand. Im Netz findet sogar die berühmte Sarah Lutz die furchtbaren Aufnahmen. Ich selbst hatte sie in mühevoller Kleinstarbeit herausgesucht, nachdem Sarah zur Solidarität mit Flüchtlingen aufgerufen hatte. So viel Widerrede auf einmal hatte sie noch nie erlebt.

Inzwischen kann ich mir vorstellen, was sie durchgemacht hat.

Mit gefletschten Zähnen wünsche ich mir noch ein paar Millionen Geflüchtete mehr in Europa. Mit dümmlichem Gesichtsausdruck unterstütze ich Angriffe des Islamischen Staats auf Wien und Warschau. Mit fiebrigem Blick rufe ich dazu auf, alle Mitbürger zu Schwulen und Lesben zu machen, und hoffe, dass sie aussehen wie Conchita Wurst.

Obwohl sich der Großteil meines Lebens im Netz abgespielt hat, habe ich noch nie so viele Emojis gesehen. Ich habe versucht, in Foren zu reagieren. Kommentare verfasst. E-Mails versandt. Habe Machern von gefakten Websites öffentlich verkündet, ihnen noch entsetzlichere Schnappschüsse zu schicken. Vermutlich hatten sie aber für Humor genauso viel Verständnis wie ich für ihr Handeln.

Ich habe mir die Profile meiner Widersacher angesehen. Außer ihrer Leidenschaft für kahlrasierte Schädel, für die Politik des Reichs, für amerikanische Motorräder und chinesische T-Shirts haben alle an der »Universität des Lebens« studiert.

Sie haben mich blumig beschimpft: chasarischer Zionist, Hämorride im Arsch von Soros, Nazijude (wie bitte?), Vaterlandsverräter, Faschist, Schande für die Nation, Schande für die Welt, Russenfreund, Amifreund, naiver Öko, Israeli, Palästinenser, Gutmensch, Fettsack, XXX (von der Software automatisch gelöscht), ZiegenXXX (kann ich mir dazudenken), beschnittener XXX, Asexueller (woher wissen sie das?), Agent des Westens, Agent des Ostens, Schwulenmöse (was?), Pseudointellektueller, Pseudoperson, NGOler, Václav Havel (als Schimpfwort?) oder ekelhafter Pinguin.

Als hätte ich es ihnen diktiert.

Mit der schwarzen Sturmhaube auf dem Kopf zwänge ich mich verstohlen in die Menge hinein, die meinen Namen skandiert und meine öffentliche Hinrichtung fordert. Nicht vor hundert oder fünfhundert Jahren auf einem mittelalterlichen Markt oder in einem Straflager, sondern auf dem Hauptplatz der Großstadt, in der ich geboren bin und lebe.

Es ist keine Halluzination. Aufmerksam arbeiten all meine Sinne. Um mich herum liegt eine Welt, der es nicht auf Fakten ankommt. Echte Anarchy in the UK. In Europa, in den USA.

Ich gehe weiter und sehe mich vorsichtig um. Die Stadt wirkt wie in einem gespenstischen Traum. Die Straßen sind mit Menschen verstopft.

Ich glaube fest daran, dass ich sie in der Menge finde. Wir werden uns wiedersehen. Alles wird sich aufklären.

Mein Herz rast. Die Angst lähmt mich. Mein Name

wird von den wütenden Stimmen so wuchtig gebrüllt, dass meine Ohren dröhnen. Sie hassen mich so, wie die Kreuzritter Ungläubige hassten.

※

Plötzlich habe ich das Gefühl, höchstens noch ein paar Dutzend Meter gehen zu können. Selbst ein langsames Tempo kostet mich viel Kraft. Ich habe Angst, dass sie mich zu Boden reißen.

Einen anderen Dickwanst mit Maske wollen sie schon lynchen. Sie denken, sie hätten mich gefunden. Der Betreffende schafft es im letzten Moment, sein Gesicht zu zeigen, und kann sich retten. Viel hat nicht gefehlt.

Die Demonstranten kommen aus den entferntesten Stadtvierteln herbeigeströmt, sie kriechen aus finsteren Winkeln, aus schäbigen Wohnungen, Kellern, möblierten Zimmern und Löchern. Sie sind von ihren Rechnern aufgestanden, haben ihre Tablets beiseitegelegt. Und wälzen sich heran wie ein Fluss bei Hochwasser.

Zehntausende mit Anonymous-Masken und Sturmhauben unter freiem Himmel. Zusammengerufen über Google und Facebook, mit Algorithmen, die auf vorausgegangenen Suchanfragen und Klicks beruhen.

Der Informationskrieg hat sie aus ihrer Computereinsamkeit herausgerissen. Sie suchen im Netz nicht nach der Wahrheit, sondern nach ihrer eigenen Weltanschauung. Jeder weitere Like festigt ihre Voreingenommenheit mir gegenüber, treibt sie zuhauf in Gruppen Gleichgesinnter hinein und versorgt sie mit dem Geschwätz, das sie sich gewünscht haben. Sie wollen unbedingt ihre Überzeugung bestätigt sehen, dass ich eine Transe und ein Jude bin. Das stimmt nicht, könnte aber stimmen.

Um die Ecke herum geht ein Schaufenster in Flammen auf. Die Luft flirrt. Hinter einer Barrikade quillt Rauch hervor. Einige Protestierende tragen auch Skibrillen und Baustellenhelme oder Gasmasken mit Totenköpfen darauf. Ich höre das rhythmische Schlagen auf Blech und Trommeln.

Mein T-Shirt ist an den Schultern und am Rücken klatschnass. Die Demonstranten zerren auf einem Wagen eine Puppe heran, die mich darstellen soll, und hängen sie an einem Galgen auf.

Eine Prozession des Instituts der Ungeborenen Kinder trifft ein. Pilger in Kutten ziehen mit Plakaten beklebte allegorische Wagen, auf denen man riesige abgetriebene Föten sieht. Auf Stangen gespießte Attrappen menschlicher Embryos werden in die Höhe gehalten, künstliches Blut trieft von ihnen herab. Über den Köpfen prangen Slogans in kyrillischer Schrift mit üblen Rechtschreibfehlern.

Die Motorradgang Reichsteufel donnert vorbei. Hinter ihnen marschieren in Formation Neonazis und Angehörige der radikalen linksgerichteten Front, die Transparente mit Hämmern und Sicheln sowie Porträts von Anführer-Vater und Anführer-Sohn tragen. Priester im Habit singen mit himmelwärts gerichtetem Blick. Junge Männer schwenken Kirchenbanner und große schwarze Kreuze, sie haben Opfergaben dabei und beten. Auch der verschleierte Mönch Jewgenij Semionow grüßt die Menge. Es folgt eine Kolonne Alternativer aus den konspirativen Medien, danach eine Delegation von Heilern und Naturheilkundlern mit Pendeln, Kugeln und einem Clark-Zapper. Veteranen aus dem Hybridkrieg drohen mit grausamer Rache.

Endlich ist es ihnen gelungen, ihre Kräfte zu bündeln. Sie alle eint das Bedürfnis, etwas Lebendiges zu hassen, etwas Warmes, Nahes, Unsriges, etwas Greifbares.

Zwei Redner auf der Tribüne lesen das Statement des gefakten Keanu Reeves vor. Sprich: meines.

Ich gedenke nicht, Bestandteil einer Welt zu sein, wo Männer den Frauen Kleider verpassen, die sie wie Prostituierte aussehen lassen. Wo es keinen Respekt gibt und wo man dem Wort eines Menschen nur glauben kann, wenn er es um ein Versprechen ergänzt. Wo Frauen keine Kinder wollen und Männer sich keine Familie wünschen. Wo junge Menschen sich für erfolgreich halten, wenn sie das Auto ihrer Eltern fahren, und wer die Macht hat, vorführt, dass ihm alle anderen nichts bedeuten. Wo Menschen sich heuchlerisch zum Glauben an Gott bekennen, mit einer Flasche Alkohol in der Hand und ohne religiöse Kenntnisse. Wo bla bla bla bla weil bla bla bla, damit bla bla.

Sie haten mich mit meinen eigenen Worten! Wie aus dem Lehrbuch. Nach der Ansprache wummert Rap:

Unser Kampf befreit das Reich.
Hör auf zu wichsen, aber gleich!
Steh bereit, hart wie Stahl,
es geht um Tatra, Krim, Ural:
Verteidige, was dir gehört!
Egal, wer sich vielleicht empört:
Die ganzen Junkies, Zionisten,
Soros-Affen, Ökofaschisten.
Don't feed the Troll, den perversen Proll, jawoll, jawoll!

Du Gutmensch, Schwuli, fetter Spast,
mach dich auf uns gefasst.
Bist für die Menschheit eine Last.
Dein Ende naht, nicht dass du's verpasst!

Der Troll geht über Leichen für Petroshekel.
Hau weg den Scheiß, uns packt der Ekel!
Nicht liken, sondern blocken, dissen!
Die Homobitch soll sich verpissen!
Ab den Kopf! Erhängt das Schwein!
Die Reichpatrouille sperrt ihn ein.
Check das Datum, roll dir'n Joint.
Join the bunch, mach mit, mein Freund.
Gib dein Like lieber meinem Mike!
Kill den Troll, jawoll, jawoll!

Die Vaterland Crew auf einem Protest gegen mich? Inzwischen ist auch schon alles möglich.

Über mich gibt es inzwischen Unmengen dämlicher Internetwitze mit viralem Potenzial. Der Einzige, der sie nicht weiterverbreitet, bin ich.

An einem Kiosk sehe ich eine Boulevardzeitung mit meinem Foto. Von der Titelseite habe ich den berühmten Moderator verdrängt, der sich zu seiner Homosexualität bekennt, obwohl er eine Frau und drei Kinder hat.

In einem Online-Spiel können mich die Gamer kostenlos ohrfeigen und in den Bauch treten, und im letzten Level feilen sie mir den Kopf ab.

In meiner Nase kitzelt Blut und rinnt mir warm in die Kehle. Ich spucke aus und wische mir mit dem Handrücken den Mund ab.

Die Protestteilnehmer sprayen meine bekanntesten Nicks an die Hauswände: Peter. Martin. Jakub. Damian. Ester. Nina. Martina. Eva. Jozef. Keanu. Sarah. Achtzig Namen, und es werden weitere dazukommen. Mein wahrer Name ist … Ich kann nicht … Weiß nicht … Ich heiße … Ich komme nicht auf meinen Namen. Sie haben mir alles genommen. Ich bin … der Troll.

Dabei wollte ich nur mein Vorhaben erfüllen. Meinen Plan. Unseren Plan.

Ich bahne mir einen Weg aus dem Gedränge und verziehe mich in sichere Distanz. Bloß keine Aufmerksamkeit auf mich lenken.

Zu spät. Sie haben mich umzingelt. Ich suche eine Lücke, wo ich durchschlüpfen könnte, aber … Mir fehlen ein Fluchtweg, Energie und Zeit. Denk nach! Welche Möglichkeiten hast du? Hau ab von hier. Konzentrier dich, atme, du bist nicht erschöpft, noch kannst du. Wohin? Egal.

Sie kommen auf mich zu, dicht an dicht wie eine Streitmacht, die eine Festung einnimmt. Schweigend, in einer Stille, die mich jeden Moment eine Explosion erwarten lässt. In ihren feuchten Augen flackert es unwirklich.

Ich haue ab, so schnell ich kann. Jemand packt mich von hinten am Hemd.

»Nimm die Maske ab!«

Gerechte Worte. In gewisser Weise habe ich sie erwartet. Es gibt kein Entkommen.

Ich muss an meinen Bruder denken, an Johanna, an meine Mutter, die Diskussionsforen. Mein größter Wunsch ist es, offline zu bleiben und mich niemals wieder irgendwo einzuloggen. Nicht zu diskutieren, nicht zu kommentieren, nicht zu trollen.

Sie richten Blicke voller Feindseligkeit auf mich. Panisch schaue ich mich um in der Hoffnung, jemanden zu sehen, bei dem ich Zuflucht finden könnte, der ein gutes Wort für mich einlegen würde. Nichts. Ich habe keine wirklichen Freunde, nur virtuelle, die ich selbst oder andere Trolle geschaffen haben. Alle meine Kumpels = Bits eines Computerprogramms. Sie imitieren Benutzerkonten von echten Menschen und verbreiten, was ich ihnen befehle.

»Nehmt ihm die Sturmhaube ab, sofort!«, brüllt eine Männerstimme.

Jemand reißt mir das Stück Stoff vom Kopf.

Die stumme weiße Maske, die sie erblicken, schockiert sie. Glatt und kahlköpfig. Ohne Charakterzüge, ohne Ausdruck, ohne Form, ähnlich den Eierköpfen auf Gemälden von Giorgio de Chirico.

»Ich muss dringend mit Johanna sprechen, ich habe eine lebenswichtige Nachricht für sie«, sage ich. Ich klinge wie der alte Vocoder von Daft Punk und röchle wie ein verwundeter Darth Vader.

Ich habe keinen Namen mehr, keine Stimme, kein Gesicht.

※

Auf das Trolling habe ich mich unter anderem wegen meines Aussehens und meiner Krankengeschichte eingelassen. Meine Eltern hatten sich geweigert, mich als Kind impfen zu lassen. Ich wuchs in der Ära auf, als die Leute massenweise Schachteln mit Medikamenten aus ihren Häusern und Wohnungen auf die Höfe trugen, Ampullen mit Impfserum zertrampelten und Antibiotika in Seen, Flüsse und die Kanalisation warfen. Unter den Absätzen knirschten Tablettenblister. Der leicht bittere Geruch der Medikamente zog an den Hauswänden entlang, setzte sich auf Plätzen und an Gebäudeecken ab, vermischte sich mit dem Duft von nassem Laub.

Meine Eltern glaubten an Losungen wie »Keine Unterstützung für die Pharmaindustrie«, »Gegen das Medizinestablishment« oder »Die Alternative funktioniert«.

Sie behandelten mich, indem sie mir Einläufe mit

Bleichmittel verabreichten. Damit wollten sie pathologische Zellen und Parasiten vernichten, aber in Wirklichkeit gefährdeten sie mein Leben.

Wenn ich Angina hatte, stopfte mich meine Mutter mit Homöopathie voll, anders ausgedrückt: mit Placebos. Oder sie zwang mich, an Kräuteraromen zu riechen. Tabu für mich waren Antibiotika, Zucker, Glutamat, alle Zusatzmittel und künstlichen Süßstoffe.

Kinderkrankheiten, die man für längst ausgerottet hielt, waren zurückgekehrt und feierten fröhliche Urständ. Ich bekam sie in der Pubertät mit x-fach schwererem Verlauf und Symptomen, gegen die die meisten Wirkstoffe machtlos waren.

Die staatliche Krankenversicherung ging bankrott – und das seit Jahren geschädigte Gesundheitssystem brach zusammen. Ärzte wurden von Scharlatanen abgelöst. Auch meine Mutter ließ sich von ihnen täuschen. Ich trank Eau de Javel. Schluckte Vitamin C »vorbeugend gegen Krebs«. Angeblich war mein Körper durch schlechte Ernährung übersäuert und in den Organen hatten sich Parasiten angesiedelt, solche allerdings, die – wie man leicht feststellen konnte – in unseren geografischen Breiten gar nicht vorkamen.

Vergeblich lehnte ich mich auf.

»Aber meiner Meinung nach ...«, wandte ich während eines Streits ein.

»Kein Aber!«, wischte Mutter das beiseite und zwang mich, zur Bioresonanztherapie zu gehen.

»Wozu? Das ist ein Placebo! Wissenschaftler haben bewiesen, dass ...«

Schwerer Fehler – mit solchen Argumenten zu kommen, in einer Ära, in der Experten verhasst waren. Es nützte nichts. Eine Stunde lang hielt ich die Metallröhren in der Hand und spürte den nicht existenten ultrafeinen Schwingungen hinterher. Denselben Effekt hätte ich erzielt, wenn ich das Staubsaugerkabel umklammert hätte, und Mutter hätte sich einen Hunderter sparen können.

Ich aß keinen Weizen, um disharmonische Vibrationen zu dämpfen. Zwei Tage nach den Röhren erwartete mich die Lichttherapie. Damals fand ich das noch hin und wieder amüsant. Aber das Lachen sollte mir bald vergehen.

※

Geboren bin ich in Kúkavislava. Oder kurz: in Kúkav. Der größten und ältesten Stadt im Land. Der Name war unter der Herrschaft von Anführer-Vater entstanden, der angeordnet hatte, die Mehrzahl der schönsten historischen Gebäude abzureißen. An ihrer Stelle sollten neue Bauten nach seinen eigenen wirren Entwürfen errichtet werden. Aus Sicherheitsgründen strebte er an, ein Straßennetz im Schachbrettmuster zu schaffen, damit die Stadt Demonstranten keine Möglichkeit bot, sich zu verstecken. Protestiert werden sollte nie wieder. Angeblich gehörten die Gründe dafür der Geschichte an.

Anführer-Sohn wollte das Megaprojekt unbedingt zu Ende bringen, aber es fehlten die Mittel. Die Metropole war übersät von Baulücken, holprigen umzäunten

Flächen zwischen den Häusern, wo Wildwuchs wucherte.

Ich mochte Kúkav. Dort lebte eine knappe Million Einwohner, und die meisten von ihnen waren anderswo geboren. In die Metropole waren sie im Rahmen ethnischer Programme gewaltsam umgesiedelt worden.

Die Vorstädte mit Einwanderern aus entlegenen Regionen wuchsen, aber die Altstadt blieb so klein wie zuvor. An zwanzig Hauptstraßen und fünf Plätzen befanden sich die wichtigsten Behörden, Geschäfte und Machtsitze. Und Brachflächen, auf denen Gänse und Ziegen weideten.

Ich kannte die Umrisse aller bedeutenden Gebäude und der großen Eckhäuser, unauslöschlich waren sie in meine Hornhaut eingraviert, als hätte sie mir jemand mit einem Messer hineingeschnitzt. Das immer gleiche Baumaterial für sämtliche Palais stammte aus Steinbrüchen in den umliegenden Bergen. Gegenüber dem Rathaus mit seinen Arkaden ragte die Kirche mit ihrer unendlich langen Freitreppe und zwei Todesengeln aus weißem Marmor auf. Und dazwischen eine riesige, sympathisch anarchische Lücke. Eine verwilderte Wiese. Einst hatte hier die Synagoge gethront.

Die Stadt wurde im Süden von einer Tiefebene und einem Plattenbauviertel begrenzt, von Norden her erstreckten sich sanfte, fruchtbare Höhenzüge. Ein Fluss zerschnitt die Metropole, verschwand hinter einer Biegung und floss dann weiter gen Osten.

Meine hoch gewachsene Mutter mit ihren ausladenden Hüften und den kurzen blonden Haaren arbeitete als Ökonomin. Ihr blasses, leicht sommersprossiges Gesicht trug meist eine lausbübische Miene, auf der Nase hatte sie eine viel zu große Brille. Im Winter schlug sie den Kragen ihrer Pelzmäntel hoch bis über die Ohren.

Mein Vater war Chemieingenieur. Genauso groß, aber ein wenig gebeugt. Mit seinem mächtigen Stiernacken, der hellen Haut und dem grauen Haar wirkte er älter, als er war. Doch er strotzte vor Kraft. Er lächelte selten, an Stelle der Lippen hatte er zwei blassrosa Striche. Er war immer sorgsam gekleidet. Gern trug er weit geschnittene Anzüge und dazu schwarze Schuhe aus Kalbsleder, immer auf Hochglanz poliert.

Meine Eltern verliebten sich, heirateten und bekamen zwei Söhne. Der jüngere bin ich. Wir wohnten in einer Fünf-Zimmer-Wohnung unterhalb des Burghügels, in einem Villenviertel, das Anführer-Vater verschont hatte. Die Bebauung war bis auf wenige Ausnahmen im ursprünglichen Zustand erhalten geblieben. Von den Baulücken fanden sich hier die wenigsten im Stadtgebiet. Eine Wohngegend von Privilegierten, insbesondere Kollaborateuren, Konformisten, überzeugten Fanatikern und harten Pragmatikern.

Das weiße Haus mit dem Flachdach stand auf einem geschützten Hügel, von dem aus man nach Osten blickte. Die Eingangshalle mit Steinfliesen ausgelegt, die Räume mit hohen Decken einheitlich groß, darin handgeschreinerte massive Schränke und Tische sowie Sessel, Doppelrahmenfenster.

Rechts von der Haustür ging man über eine Treppe ins Souterrain. Der Hof war von einer Fliederhecke gesäumt. Im Dickicht lebten Unmengen von Vögel und streunenden Katzen. Am Grundstücksende wuchsen Bäume, die in den benachbarten Obstgarten ragten.

Mein Großvater gehörte zur Nomenklatura, aber er lehnte sich auch in Maßen gegen Einschränkungen und verordnete Disziplin auf. Mit der Wohnung hatte man ihn vor langer Zeit für Taten belohnt, über die in der Familie geschwiegen wurde.

Mein Vater wurde als Kind von einem Chauffeur mit dem Auto herumgefahren. Betreut wurde er von einem Kindermädchen und einer Bediensteten, was man ebenfalls nicht laut aussprechen durfte. Uns ging es besser als den meisten anderen im Staat. Mutters nächste Verwandte gehörten zu den starken Kadern. Eine große, in sich geschlossene Familie. Als bereits akuter Mangel an Lebensmitteln und Konsumgütern herrschte, wurden wir von der exklusiven Diplomatenverkaufsstelle versorgt. Meine Mitschüler kamen zu uns, um sich die ausländischen Namen von Zahnpasten und Waschmitteln anzusehen.

Fast das gesamte Eigentum in unserem Land war, obwohl es offiziell dem Volk gehörte, im Besitz von etwa dreißig Familien, unsere eingerechnet, sprich: einer Schicht aus Reichen und Nachfahren der digitalen Oligarchie.

Unser Haus stand neben der Botschafterresidenz des Reichs, das das Land nach dem Hybridkrieg okkupiert hatte. Auf unserem Hof spielte ich immer Fußball. Hin und wieder schoss ich den Ball über den Zaun. Der Verwalter der Residenz, Herr Wadim, öffnete das Tor sperrangelweit und kickte ihn mir zurück. Er spendierte ein Glas Wasser oder ein Eis. Oft sah ich ihn im Garten des Botschafters mit einem Strohhut auf dem Kopf.

Als Kind stellte ich mir das Reich als ein märchenhaftes Land vor. Freundliche Menschen, dankbar und hilfsbereit, die wohlklingend sprechen – so stand es in unseren Lehrbüchern der verwandten, aber trotzdem schwierigen Fremdsprache.

Doch idyllisch war es nur nach außen hin – genauso wie bei uns: Unter der Oberfläche verbarg sich der Terror. Jede Äußerung von Kritik, Ablehnung oder gar Widerstand wurde bestraft. Die Gefängnisse füllten sich mit Dissidenten.

Anführer-Vater hatte seinem kleinen Volk fünftausend Jahre an reicher und ruhmvoller Geschichte zugeschlagen. Er beherrschte die öffentlich-rechtlichen Medien und missbrauchte sie für seine eigene Propaganda. An den Fassaden von öffentlichen und privaten Gebäuden hingen Banner mit seinem gespenstischen Porträt. Er baute einen gründlichen Grenzschutz auf, und die Menschen lobten ihn anfangs in den Himmel. Er verkündete, uns vor den Massen zu beschützen, die hierher drängten, weil man bei uns am besten lebe. Im Land mit der niedrigsten Arbeitseffektivität, dem bescheidensten Gesundheitsbudget und dem höchsten Maß an Korruption auf dem Kontinent.

Grausam herrschte auch sein Sohn, der aber nicht im Stande war, den Machtwahn des Vaters zu überbieten. Das Internet komplett abschaffen konnte er nicht, deshalb benannte er die einzige vom Staat zugelassene Suchmaschine nach sich selbst und zensierte das Netz. Der notorische Lügner schwindelte so oft, dass keiner mehr wusste, wann er log und wann nicht. Er verbreitete Falschmeldungen und gefakte Berichte über Bedrohungen. Täglich jagte er den Leuten Angst ein, dass ein Umsturz vorbereitet werde und man deshalb eine Ersatzhauptstadt errichte, Zufluchtsort im Fall eines Angriffs. Jeder wusste, dass er Unfug redete, aber mit den Vorbereitungen begann man auch in unserer Klasse. Die ganze Schule musste zu obligatorischen Arbeitseinsätzen.

Mein Vater machte uns gegenüber Andeutungen über die Widersprüche des Systems. Oft erwähnte er, dass wir einst zur europäischen Gemeinschaft gehört hatten, bis die zerfallen war. Sogar mit der europäischen Währung hatten wir bezahlt, aber später waren wir zu unserer ursprünglichen zurückgekehrt. Die Währungsreform hatte den Bürgern fast alle Ersparnisse geraubt. Die Stadt hatte ihre kosmopolitische Fassade verloren, ihre Bedeutung war zu der einer Kreisstadt in der tiefsten Provinz zusammengeschnurrt.

In der Vergangenheit hatten wir nicht isoliert von unseren Nachbarn gelebt, waren nicht von hypermodernen Mauern und Stacheldraht mit Thermokameras umgeben gewesen. Vater erzählte mir, dass die meisten Zäune für andere gebaut, letzten Endes aber vor allem für die eigenen Einwohner benötigt würden. Auch die wieder eingeführten Lager begrüßten manche – bis sich ihre Freunde, Verwandten oder sie selbst dort wiederfanden.

Heimlich schaltete mein Vater mit uns auf Deepweb um, und wir lauschten den verbotenen Nachrichten. Wir reisten an abgelegene Orte auf dem Land, wo die Zensur oft nicht hinreichte. Mein Vater brachte mir bei, weder den einen noch den anderen Teil der Welt zu idealisieren.

Auch ich und mein Bruder, wir Knirpse, sahen auf Schritt und Tritt, wie es mit der Stadt und dem ganzen Land bergab ging. Fast alles war verboten, und was nicht verboten war, war dann auch gleich Pflicht. Wie bei der Erörterung, die wir im Ausdrucksunterricht schreiben sollten: Wer ist deine Lieblingsfigur in der Geschichte? Und warum ausgerechnet Anführer-Vater?

*

Die Reichsraffinerie verpestete Kúkav mit ihrem Gestank. Die Luft ließ sich kaum atmen, sie roch nach Chemie, brannte in Augen und Rachen. Das trübe Wasser durfte man nicht trinken. Die Privilegierten bekamen ihre saubere Ration in Milchkannen. Im Netz wurde nicht die Wahrheit geschrieben, und trotzdem kannte sie jeder.

Mutter schleppte die Kannen noch im neunten Schwangerschaftsmonat die Treppe hoch. Ich und mein Bruder litten von Geburt an unter Atemproblemen. Regelmäßig fuhren wir in die Berge in ein Sanatorium der Anführer-Familie. Unsere Hoffnung ruhte auf dem Effekt, den frische Luft, heiße Heilquellen und körperliche Bewegung haben würden. Wir freuten uns auf die stille und friedliche Einrichtung voll mit Abhörwanzen, wohlhabenden Menschen, ihren zahlreichen Gebrechen und stinkendem Schwefelwasser.

Mein Vater hörte gern die Stimmen – so nannten wir die verbotenen Internetradios im Deepweb. Seine Schwiegereltern tobten. Mutter drohte.

Die Beziehung meiner Eltern verschlechterte sich. Ich gehe davon aus, dass Vater sich immer weiter von Mutters Familie entfernte, von ihrer politischen Überzeugung und ihrem Lebensstil. Offenbar wollte er nicht mehr mit ihrer Heuchelei leben. Oder er träumte ganz einfach von etwas anderem, Besserem. Er konnte sich jedoch nicht von Mutter trennen. Wartete er darauf, dass sich ihm eine Möglichkeit bieten würde, zwei Fliegen mit einer Klappe zu schlagen? Oder ist etwa einer von beiden fremdgegangen?

Ich lag in meinem Bett im Kinderzimmer und hörte, wie sich meine Eltern anschrien. Ich wollte so gern einschlafen, schaffte es jedoch nicht, auch nur ein Auge zuzumachen. Mir kamen schreckliche Gedanken, aber um nichts in der Welt kam der Schlaf. Ich starrte aus dem Fenster. Unter der uralten Burg erstreckte sich die versklavte Stadt, in Schnee gehüllt, und darüber wölbte sich ein klarer, vom Mond beleuchteter Himmel.

Mein kluger Bruder hatte vor Kurzem seinen neunten Geburtstag gefeiert. Als Vierjähriger hatte er sich selbst das Lesen beigebracht. Meine Eltern behandelten ihn eher wie einen jungen Mann als wie ein Kind. Er durfte sich aussuchen, was er anzog oder sich auf dem Tablet ansah, in welchem Zimmer und was er aß, ob er seine Freunde mit ins Haus brachte oder ob sie nach draußen gingen.

Er war mein Ein und Alles. Nie gab es zwischen uns Gehässigkeit oder Wut. Auch bei Streitereien nicht.

Als ich in die zweite Klasse kam, war die Krise meiner Eltern so weit, dass sie sich auf eine Scheidung einigten. Mein Vater ahnte, dass das konservative Gericht mich und meinen Bruder seiner Frau zusprechen würde, und hatte nicht vor, sich damit abzufinden. Heimlich entwickelte er seinen Plan. Die Gesundheitsprobleme, unter denen mein Bruder und ich litten, ermöglichten es ihm, eine Kur zu beantragen. Der Arzt schlug erneut die höchsten Berge im Nordosten des Landes vor und empfahl ein Sanatorium mit einer Salzhöhle. Es bestand allerdings auch die Chance, einen Urlaub am Meer bewilligt zu bekommen, wohin nach der letzten Fluchtwelle nur Privilegierte reisen durften.

Mein Vater kämpfte und bekam die Genehmigung. Allerdings durfte er nur meinen älteren Bruder mitnehmen. Das Regime sicherte sich ab: Durch Vaters Bindung an mich wollten sie ihn zu Hause halten. Bis ans Meer ist er schließlich aber nicht gekommen. Samt meinem Bruder, der schon für das vierte Schuljahr an einer Eliteschule angemeldet war, floh er über die Alpen.

Mutter und ich erlitten einen Schock. Auf einmal trennte die Mauer der Festung Europa uns von meinem Bruder. Unsere Herkunft und unsere Adresse rächten sich. Ein Skandal brach aus. Das Scheidungsverfahren war noch nicht abgeschlossen, also war Mutter nun offiziell die Ehefrau eines Verbrechers, der in Abwesenheit wegen illegalen Grenzübertritts zu drei Jahren verurteilt wurde.

Ich erinnere mich intensiv an den Moment, als Mutter diese Nachricht bekam, und an ihr unverständliches Geschrei.

Ich begriff nicht, wie mein Vater weggehen konnte. Warum hatte ihn die Tatsache, dass er mich vielleicht nie wiedersieht, nicht davon abgehalten?

※

Mutter konnte sich nicht mit dem Verlust des Sohnes abfinden. Sie ließ nichts unversucht. Über Bekannte und Beziehungen, bei Behörden und dem Roten Kreuz, in Wohltätigkeitsvereinen und Landsmannschaften, auf Ministerien. Nichts half. Die Geheimpolizei nahm sie ins Visier. Jeden Abend standen sie unter unseren Fenstern oder saßen in einem Auto auf dem Parkplatz und warteten, ob Mutter und ich überhaupt wieder nach Hause zurückkehren würden. Sie verschwanden erst, wenn wir das Licht gelöscht hatten, und oft nicht einmal dann.

Sie überwachten sie. Schikanierten sie. Ließen uns überhaupt nirgendwohin. Mutter musste mit dem Bewusstsein leben, dass sie möglicherweise nur ein paar Hundert oder sogar nur ein paar Dutzend Kilometer von ihrem Sohn entfernt war und ihn höchstwahrscheinlich nie wiedersehen durfte.

In Haus und Garten herrschte trübe Stimmung. Die

Nächte kamen schnell, sie waren schwer und voller Geheimnisse. Mutter und auch ich schrieben meinem Bruder über Hilfsorganisationen Briefe. Vater gab sie ihm vielleicht nicht, oder sie kamen gar nicht erst an. Jedenfalls erhielten wir nie eine Antwort.

Beide waren wie vom Erdboden verschluckt. Mein Vater wusste, dass das Regime seine Finger überall im Spiel hatte. Der Anführer-Clan hatte ein Netz einflussreicher Partner aufgebaut. Ähnliche Despoten erschienen überall auf der Bildfläche und gerne half einer dem anderen, denn sie gaben sich gegenseitig die Legitimität, die sie benötigten. Todesfälle von Emigranten wurden im Netz häufig gemeldet, und die Umstände klangen immer rätselhaft.

Allmählich machten wir uns mit den Agenten unter unseren Fenstern bekannt, vor allem ich, obwohl Mutter das immer wieder verbot. Mir fehlte ein Spielgefährte, deshalb kickten sie manchmal den Ball für mich oder ließen einen Drachen steigen. Sie halfen mir bei meinen Expeditionen in den Goldregendschungel. Ein paar Mal spielten wir auf den kiesbestreuten Wegen Verstecken. Ich grüßte sie mit »Guten Tag«, wenn ich zur Schule ging, oder sagte am Nachmittag »Auf Wiedersehen«. Manchmal grüßten sie zurück.

Ich zeichnete Bilder für meinen Bruder, bastelte für ihn Geduldsspiele, schickte ihm Süßigkeiten. Wahrscheinlich hat er sie nie gesehen, nie davon gekostet. Die Päckchen haben bestimmt die Zöllner einkassiert.

Sie hatten mir genommen, was zu mir gehörte. Sie hatten mich verstümmelt. Das Kinderzimmer war jetzt mein Reich, so, wie ich es mir immer gewünscht hatte, aber freuen konnte ich mich darüber nicht.

Mutter schaffte es nicht mehr, sich um den Garten zu kümmern. Ich fand Gefallen an den Katzen, die in rauen Mengen Junge warfen. Die Amseln hüpften von Baum zu Baum. Gestrüpp und Kletterpflanzen überwucherten Beete und Mauern und hinterließen am Putz dunkle Flecken. Um die Dachrinnen herum breitete sich Schimmel aus.

Mutters Hauptziel wurde es, das Land zu verlassen. Sie wollte ein zweites Mal heiraten, einen Ausländer, damit man ihr die Ausreise genehmigte, aber faktisch war sie nicht geschieden. Andererseits waren ausländische Gäste inzwischen nur noch mit der Lupe zu finden. Wer konnte, hatte die Kurve gekratzt. Auch Investoren suchten das Weite, um den kläglichen Rest ihres Hab und Guts zu retten.

Ich hing zu jener Zeit sehr an unserem nächsten Nachbarn, Herrn Stern. Ein gelbes Männlein, sehnig und ausgemergelt. Sein Gesicht glänzte, als wäre es von einer Zellophanmaske bedeckt. Seine blutleeren Ohren mit den transparenten Ohrläppchen wirkten wie aus Wachs. In seinen Augen funkelte Aufrichtigkeit. Ich wusste, dass er Jude war, ein kluger Mensch, Chemiker, Inhaber mehrerer Patente.

Nach dem Hybridkrieg gab es in Kúkav noch eine winzige jüdische Gemeinde. Stern beging keine jüdischen Feiertage. Zu Weihnachten kaufte er sogar jedes Mal einen Baum und zu Ostern Eier. Er hielt die Vorschriften der Halacha nicht ein, ich weiß nicht, ob er sich überhaupt mit dem Judentum identifizierte. Oft sah ich ihn im Garten. Sogar beim Umgraben der Beete trug er eine feine graue Hose mit Bügelfalten und ein weißes Hemd. Das fand ich eigenartig und faszinierend.

Vorn am Hals hatten ihm die Lagerwächter den gefürchteten weißen QR-Code eintätowiert. Ich wusste, dass Herr Stern schlecht schlief. Ansonsten kannte ich ihn nicht allzu gut, aber er war immer nett zu mir. Er half mir, die Einsamkeit zu ertragen. Ich hätte sein Enkel sein können.

Oft fragte ich ihn nach dem Lager, aber seine Antworten kamen nur sehr zögerlich. Was für Leute mussten dort arbeiten? Wie sahen die Aufseher aus, und was haben sie getan? Einmal hielt Stern meine Drängelei nicht mehr aus. Seine Antwort habe ich mir gemerkt:

»Ich habe drei Jahre im Lager verbracht. Dort habe ich gelernt, dass das Wichtigste ist, keine Aufmerksamkeit zu erregen. Die Wächter konnten über alles entscheiden, was ich tat, auch, ob ich den nächsten Tag erlebte. Ich kannte ihre Schuhspitzen. Ihre elektronischen Schlagstöcke. Aber ins Gesicht sehen durfte ich ihnen nicht. Da muss ich dich enttäuschen, ich weiß überhaupt nicht, wie sie ausgesehen haben. Wenn sie jetzt vor mir stehen würden wie du, würde ich sie nicht erkennen.«.

Dann machte er mit dem Umgraben weiter, um noch vor Einbruch der Dunkelheit das fertig zu bekommen, was er sich vorgenommen hatte.

✣

Mutter hatte Angst, mich ebenfalls zu verlieren. Sie war besessen von meiner Sicherheit und meiner Gesundheit.

Als das Land von einer Masernepidemie heimgesucht wurde, war ich fünfzehn. Innerhalb von vierundzwanzig Stunden starben allein in unserem Viertel drei ebenfalls nicht geimpfte Gleichaltrige. Die Eltern hatten sie mit homöopathischen Medikamenten behandelt.

Nach zwei Tagen wurde auch ich schwer krank. Im Netz häuften sich die Berichte darüber, was die Masern vor Kurzem in Berlin, Bukarest und Madrid angerichtet hatten, wie viele Kinder völlig sinnlos gestorben waren. »Bloß keine Panik!«, sagte der Gesundheitsminister immer wieder.

Der Virus traf den Staat auf tragische Weise unvorbereitet. Es gelang nicht, die lokalen Brennpunkte der Erkrankung rechtzeitig aufzudecken. Die Verantwortlichen in den Gesundheitsbehörden reagierten viel zu schwerfällig und konnten eine Pandemie nicht verhindern.

Die Regierung verhängte den Ausnahmezustand. Alle Geschäfte und Schulen blieben zu. Der Schriftzug *Wegen Masern vorübergehend geschlossen* an vielen Einrichtungen zeugte davon, dass sie lange nicht wieder öffnen würden.

Ich klapperte mit den Zähnen. Mutter brachte mich ins Krankenhaus. Eine Schwester drückte mir auf der Schwelle eine zweiseitige Liste von Dingen in die Hand, die mitzubringen waren, vom Klopapier über Besteck bis zur eigenen Bettwäsche und zum Verbandsmaterial.

Sie legten mich in ein schmales Bett aus Eisen. Das Fieber beutelte mich.

Die Ärzte untersuchten mich und verkündeten, nicht viel für mich tun zu können. Es fehlten Geräte, Medikamente waren aufgebraucht. Vielleicht würde ich überleben, vielleicht auch nicht. Vorsichtshalber sortierten sie mich bei den Sterbenden ein.

Kaum waren die Doktoren weg, schleppte sich eine Volksheilerin heran. Sie schlug mir eine Astraltherapie vor und die Eliminierung vagabundierender, Blockaden verursachender Entitäten. Sie akzeptiere auch Kreditkartenzahlung. Ich winkte nur ab. Auch einen Typen, der mir Heilung durch Handauflegen und Auraanalyse versprach, verscheuchte ich.

Masern konnten sich nicht nur zu komplizierten Lungenentzündungen entwickeln, sondern sie griffen auch die Nerven an. Das Spätstadium endete oft mit einer Lähmung.

Die Patienten redeten allen möglichen Unfug, sie beteten, fluchten, jaulten, knirschten mit den Zähnen, riefen die Namen ihrer Liebsten. Ich sah zig Tote, vor allem Kinder und Jugendliche. Sie starben auf alle möglichen Weisen, einige völlig unbegreiflich.

Ich erlebte sowohl den plötzlichen Tod als auch das Geschrei in schmerzhafter Agonie. Ein Junge lachte beim Sterben aus vollem Herzen. Eine junge Frau begann in ihrem letzten Stündlein, in einem Anfall zu tanzen und ein altes Volkslied zu singen. Sie drehte sich so lange im Kreis, bis jemand sie zu Boden riss.

Für ein paar Wochen verschlug es mir vor Entsetzen die Sprache. Ich lag zusammengerollt neben einem glucksenden Heizkörper und hatte keine Ahnung, ob wir die Nacht hatten, zu der ich mich schlafen gelegt hatte, oder bereits die Nacht nach dem nächsten Tag.

Der Ausschlag setzte sich dauerhaft auf meiner Haut fest. Mein Immunsystem brach zusammen. Ich machte auch noch Mumps und Keuchhusten durch. Für acht Wochen steckten sie mich im Einzelzimmer in Quarantäne. Meine Wahrnehmung wurde immer schwächer, ich hörte auf nachzudenken, die Probleme verschwanden.

Nach einiger Zeit kam ich aus meinem der Bewusstlosigkeit nahen Zustand halbwegs wieder zu mir. Das Altstädter Krankenhaus war inzwischen mein fester Wohnsitz. Die blassen und schweigsamen Kranken lagen dicht an dicht auch in Vorzimmern, auf dem Boden, in den Fluren und auf den Treppenabsätzen.

Über die Klinik wurde mit Galgenhumor gesprochen. Wenn man einen Verwandten loswerden und nicht in Verdacht geraten wollte, einen Mord verübt zu haben, brauchte man ihn nur genau hier einweisen zu lassen.

Die Bettwäsche roch, wie wenn man eine lange verschlossene Thermoskanne mit saurem Tee öffnet, und die Toilette stank so penetrant, dass mir die Augen tränten. Die Neonröhren brummten wie Fliegen im Warmen.

Die meisten Patienten waren verstümmelte Veteranen aus dem Hybridkrieg, die abgetragenen Uniformen ohne Abzeichen, die Köpfe verbunden, die Gesichter schmutzig. Sie tranken vergällten Alkohol, gefiltert durch eine Brotscheibe oder poröse Pilze. Wundverbände schnitten sie sich aus Bettlaken zurecht. Ihr Wehklagen quälte mich dermaßen, dass ich in vielen Nächten lieber durch die Flure spazierte.

Im Dunkeln erinnerte das Krankenhaus an ein weitläufiges Labyrinth, das chaotisch in eine Vielzahl von Räumen mit separaten Türen unterteilt war. Nach kurzer Zeit bewegte ich mich darin wie zu Hause. An einigen Betten hing eine abgenutzte Klingel, um im Notfall jemanden herbeizurufen, aber wenn sie durchdringend ertönte, gab es keine Reaktion, weder eine Schwester noch ein Arzt kamen, und der letzte Faden zur Welt der Gesunden riss ab.

Wer aufstehen konnte, forderte Medikamente und Therapien ein. Die Patienten warteten vor den verschlossenen Ambulanzen, saßen auf Treppenstufen, lehnten an Geländern oder standen einfach so herum. Ihre Krankheiten hatten sie bleich gemacht. Die wenigen verbliebenen Feldschere lugten verlegen hinter den geblümten Gardinen hervor. Einer von ihnen trat hin und wieder auf die Schwelle und rief zu mehr Geduld auf. Ein guter Draht zu einer Schwester, manchmal genügte auch der zu einer Putzfrau, war mehr wert als jede Freundschaft.

Volksheiler boten gegen Gebühr ihre Dienste an. Statt zum EKG konnte ich zur elektronischen Homöopathie gehen. Ein junger Scharlatan wedelte mir mit einem kleinen Pendel vor den Augen herum, ein anderer holte biomagnetische Steine aus seinen Hosentaschen. Ein altes Mütterchen zeichnete mit einem Stift, der rosa Turmalin enthielt, Chakren in die Luft.

Durch Frau Bettys Herz strömte die Energie des Universums. Onkel Peter, genannt der Magier, bedeckte schmerzende Wunden mit wundertätiger Alufolie und spürte Bioströme auf. Der alte Zauberer Anatoli durchleuchtete den Körper dank tachyonisierter Kristalle und der Energie seiner Hände zuverlässiger als ein Röntgenapparat. Pavol diagnostizierte mit seinem magischen Blick Gallensteine anhand der Aurastrahlung.

Der halbnackte Greis Martin heilte Krebs allein durch seine Anwesenheit. Mit ausgemergelten Waden schritt er über den Flur und die weißen Haare hingen ihm verfitzt in die Stirn. Er schrie unzusammenhängende Wörter, Beschwörungen oder rituelle Formeln.

Wenn Gesundmacher nicht persönlich kommen konnten, therapierten sie bereitwillig übers Internet oder per VR. Online-Biotronik. E-Mail-Psychodynamik. Virtuelle Übertragung von Heilenergie. Die erste Sitzung über die App war umsonst, die nächste gebührenpflichtig, gern auch in Bitcoins.

Neben den Betten sah man neben billigen 3-D-Brillen auch immer mehr Farbdrucke von Heiligen, Tablets mit esoterischen Programmen, Votivfiguren und Dekoartikel mit eigenartiger Symbolik.

※

War ich jetzt einen Monat in der Klinik oder schon ein Jahr? Ich verlor das Zeitgefühl. Trotz der Schmerzen durchlebte ich die größten Qualen bei der Vorstellung, welche Riesenmenge an Zeit mir gestohlen wurde. Als hätte man mir meine Jugend geraubt.

Bestechung konnte ich mir nicht leisten und blieb deshalb ein Patient zweiter Klasse. Der Wecker klingelte um fünf. Mit großem Getöse erschien der weiße Tross. Der Chefarzt, ein netter, unerhört korrumpierter Typ, sah aus wie eine Mumie. Ich erachtete es als ein Wunder, dass er bei seinem Verbrauch an Alkohol und Zigaretten noch lebte. Betreut wurde ich auch von einem sympathischen Dozenten aus Rumänien und einer unglaublich liebenswürdigen pensionierten Krankenschwester aus Kasachstan. Flüchtig maßen sie meine seit Langem erhöhte Temperatur, schauten in den entzündeten Rachen und gingen weiter. Manchmal beschwerten sie sich noch, wie wenig sie verdienten. Bei Bedarf stachen sie mir auch mit gebrauchten Nadeln in die Venen.

Das Krankenhaus, ein Ort der Träumer – alle träumten davon, hier rauszukommen.

Mein einziges Glück: Die Patienten erzählten. Aus ihrem Leben, von Krankheiten, Leiden, Abenteuern, unglücklicher Liebe, Büchern, Filmen. Die Besten zogen von Bett zu Bett und ließen eine Story nach der anderen vom Stapel. Ich bezahlte sie mit Zigaretten, die ich gegen Schmerzmittel getauscht hatte. Auch der Homöopatika-Schwarzmarkt boomte. Die Verzweifelten griffen nach Strohhalmen und Placebos.

Lieber leiden, als die Geschichten einzubüßen! Ich traf auf ungewöhnliche Charaktere, seichte und tiefgründige, feige und starke, inspirierende und abstoßende. Der Mann oder die Frau setzte sich vorm Einschlafen zu mir auf eine Ecke des Betts und erzählte im Halbdunkel, ehe sie oder er oder ich vielleicht den letzten Atemzug tun würden. Zum Abschluss stellte ich gern Fragen oder gab Kommentare ab. Manchen gefielen die Anmerkungen, andere wiesen sie zurück. Mit jedem guten Erzähler wuchs in mir der Hunger nach Geschichten.

✳

Kaum hatte ich im Krankenhaus jemand Neuen kennengelernt, schaute ich mir heimlich, vor allem in der Nacht, seine Profile in den sozialen Netzwerken an. Viele achteten auch nach dem Informationskrieg nicht auf ihre Privatsphäre und benahmen sich im Netz wie zu Hause.

Nach ein paar Likes, geteilten Sprüchen und GIFs konnte ich erkennen, ob jemand politisch links oder rechts war, ein versteckter Schwuler oder ein heimlicher Tyrann, ob er zu viel trank, an was er glaubte oder welche Partei er wählte. Ich lernte, das Internet-Abbild von Individuen zu erkennen und die Realität mit den Geschichten zu vergleichen. Aus unterschiedlichen Elementen setzte ich die Charaktere zusammen. Ich hoffte, dass mir das einmal zupass kommen würde.

Beunruhigt war ich durch Nachrichten von meiner Mutter. Mit aller Macht wollte sie emigrieren. Aus Protest gegen das Regime war sie in den Hungerstreik getreten. Zur Strafe hatten sie sie in die Klapsmühle gesteckt. Nahrung verabreichten sie ihr gewaltsam durch ein Nasenloch, therapiert wurde sie mit Elektroschocks. Es war gang und gäbe, dass auch gesunde, kritische Bürger in psychiatrischen Einrichtungen weggesperrt wurden.

Anführer-Sohn geriet trotz aller Repressalien immer mehr in die Defensive. Der Freiraum, in dem gesprochen, argumentiert und gehandelt werden durfte, wurde Schritt für Schritt größer, erkämpft mit jeder Mitteilung in den sozialen Netzwerken, mit jedem Blog, mit jedem Protest. Ich war sicher, dass sie Mutter rauslassen würden. Irgendetwas käme in Bewegung, und schon bald könnten wir uns mit meinem Vater und meinem Bruder treffen.

Anführer-Sohn starb tatsächlich relativ rasch. Kurze Zeit später wurde auch das Regime gestürzt. Einen glücklicheren Tag habe ich im Krankenhaus nicht erlebt. Das System brach zusammen wie ein Kartenhaus.

Ich verschlang alle Informationen von draußen. Eine Zeit großer Hoffnungen brach an. Jeder, mich eingeschlossen, erwartete, dass morgen oder übermorgen ein neues, wahrhaftiges und besseres Leben beginnen würde. Ich bekam das Gefühl, dass sich unser Land unter einem glücklichen Stern befand und eine außerordentliche Phase durchmachte, die auch der Rest der Welt mit Interesse verfolgte.

Die Ernüchterung kam, als in unserem Viertel drei Bonzen aus umliegenden Häusern Selbstmord begingen. Große Fische, aber nicht die größten. Angeblich hatten sie Angst, dass rauskommen könnte, was sie verzapft hatten. Vergeblich. Keinem aus ihrem Umfeld geschah etwas. Geschickt hängten sie die Fahnen nach dem Wind. Sie rissen die Anführer-Symbole ab und hefteten sich andere an. Blitzschnell hatten sie sich in den gewandelten Verhältnissen etabliert.

Die neuen, unsicheren und unerfahrenen Akteure enttäuschten die Öffentlichkeit. Die Macht gaben sie zurück an die ursprünglichen Herrscher, die die Nation und die Vergangenheit hervorhoben. Die alten Eliten behaupteten zu wissen, wie ein Land oder eine Stadt geführt werden müssten, sie warnten, dass eine instabile Regierung die Heimat ins Chaos stürzen würde.

Die besseren Zeiten wollten partout nicht kommen. Schon bald herrschte eine noch größere Armut und die war nun noch frustrierender, denn in den mittlerweile vollen Läden einzukaufen, konnte sich fast niemand mehr leisten.

Das Anführer-Regime erlebte eine Popularität post mortem. Die meisten Bürger erkannten zwar weiterhin an, dass zuvor ein Tyrann, ein Psychopath, ein Dieb geherrscht und sich sein Vater noch schlimmer benommen hatte, aber Stabilität, Ruhe und Ordnung wusste man zu schätzen.

Die Krise zeigte sich auch im Krankenhaus. Oft wurde die Heizung ausgeschaltet, Strom gab es nur ein paar Stunden am Tag. Zweimal wurden sogar die Essensrationen verkleinert.

Ab November drang die Kälte durch Mark und Bein. Sie vernebelte den Verstand. Ich trug bis zu drei Schichten Kleidung von Toten. Trotzdem erwachte ich starr wie ein Eiszapfen.

Die Greise in Rollstühlen oder mit mobilen Atemgeräten mieden Nachrichten von außen. Tagelang schauten sie die Kanäle von Rentner-YouTubern.

Ich musste etwas unternehmen, sonst würde ich durchdrehen. Im Schlussverkauf besorgte ich mir für einen Pappenstiel ein Tablet, ein Solar-Modell mit erweiterter und virtueller Realitätsfunktion. Mindestens zwei Stunden täglich verbrachte ich auf Piraterie-Bittorrents und lud runter, was das Zeug hielt. Ich schaute Filme mit billigen 3-D-Brillen und Kopfhörern oder verschlang E-Books, vor allem russische Fantasy. Ich las voller Elan, leidenschaftlich, aufmerksam, als hielte ich den letzten Roman in der Hand, den mir der Arzt noch aufs Totenbett gelegt hatte.

Allgemein begeisterte ich mich für Filme und Bücher aus dem Reich. Das zerfiel, genau wie ich, es hustete aus voller Kehle, spuckte Schleim und an vielen Stellen verweste es regelrecht. Es verlor seine Gliedmaßen, was ich mir bereits lebhaft vorstellen konnte. Oder es wuchsen ihm neue, besetzt von Truppen ohne äußere Kennzeichen irgendeines Staates. Eine mutierte Republik. Die Helden der Geschichten lebten unter schrecklichen Regimes. Die Handlungen entwickelten sich immer in Richtung Katastrophe, so ähnlich wie meine Diagnosen. Auch mein Leben war bisher sinnlos gewesen. Ich hoffte, das ändern zu können.

Auf dem Krankenlager wurde ich erwachsen. Ich fantasierte über Anna Karenina und Natascha Rostowa. Ich suchte jemanden, den ich schicksalhaft lieben könnte, aber die jüngste Krankenschwester war dreiundsechzig. Die jungen waren in den Westen gegangen.

Ich saß vor *Russisch für Autodidakten*. Studierte die komplizierte Grammatik, die Flexion und die Deklination. Lernte Vokabeln, übte unregelmäßige Verben und feilte an meiner Aussprache.

※

Um nicht allzu viel Lehrstoff zu verpassen, ging ich auch im Krankenhaus in die Schule, zum Ersatzunterricht. Schüler fanden sich nur wenige und sie wechselten oft. Das Lehrpersonal wurde noch schlechter bezahlt als an regulären Schulen, deshalb wollte uns fast niemand unterrichten. Lehrpläne oder klare Vorstellungen gab es nicht, es wurde improvisiert.

Ich lernte Frau Lisaweta kennen. Die zarte alte Dame mit dem weißen, runzligen Gesicht und den langen bleichen Haaren unter ihrem schwarzen Kopftuch stammte aus dem Reich. Mit dem Unterrichten verdiente sie sich etwas zu ihrer armseligen Rente dazu. Sie sah mich mit einem feinen Lächeln an, das ihr nicht einmal die erlittene Unbill und die Krankheiten ausgetrieben hatten.

Sie konnte unterrichten und Begeisterung für ihr Fach wecken. Wenn sie sprach, klang es, als würde sie Balladen rezitieren. Sie brachte mir mehrere Gedichte bei, darunter eins von Lermontow:

Leb wohl, du ungewaschen Rußland,
du Land der Sklaven, Land der Herrn,
ihr himmelblauen Uniformen,
auch du Volk, dienst du doch zu gern.
Vielleicht werd' dort im Kaukasus
ich deinen Paschas bald entgehn,
Den Ohren, welche alles hören,
den Augen, welche alles sehn.

Ich gierte nach Wissen. Noch lange nach dem Klingeln diskutierten wir über den Hybrid- und den Informationskrieg oder die Festung Europa. Wenn ich ins Bett zurückkehrte, war ich aufgeladen mit Energie und Einfällen. Mich so ins Reich zu vertiefen, weckte meine Lebensgeister.

Hatte die leidenschaftliche Leserin Lisaweta einmal versucht, selbst zu schreiben?

»Mit achtzehn habe ich etwas geschrieben, mein Debüt. Der Text entstand spontan. Ich schrieb, als würde ich atmen, um zu überleben und Zeugnis abzulegen«, sagte sie.

Ihre Geschichte trug sich im Reich zu, während der schlimmsten Phase des Hybridkriegs. Der bewaffnete Konflikt hatte ohne offizielle Kriegserklärung begonnen und viel zu lange gedauert. Er führte rasch zu einer Destabilisierung des relativ prosperierenden Staates. In Hinsicht auf die Zahl der Opfer und das Ausmaß der Schäden erwies sich der unerklärte Krieg als genauso vernichtend wie ein klassischer. Der Aggressor schloss Geheimverträge mit bezahlten Söldnern, fanatischen Ausländern und lokalen Aufständischen, bestritt aber gleichzeitig jegliche Kommunikation mit ihnen. Die Drecksarbeit wurde auf den Schultern der letzten NGOs abgeladen, die es im Land noch gab.

Ein Drittel der Einwohner aus Lisawetas Heimatstadt war an die Front gegangen. Auch ihr Vater. Die meisten Aufgaben vor Ort erledigten nun die Frauen. Lisaweta verließ die Schule. Sie meldete sich zur Arbeit, räumte Straßen nach Bombenangriffen und half bei der Versorgung von Verwundeten.

Hinausgehen durfte man nur nachts. Damit die Leute nicht gegeneinanderstießen, wurden phosphoreszierende Ringe zum Anstecken verkauft. Lisaweta verließ das Haus aber bereits in der Dämmerung. Sie missachtete das Verbot, ansonsten hätte sie nicht überleben können. Denn auch im Innern der Häuser und Wohnungen herrschte Dunkelheit. Die Fenster waren mit Brettern vernagelt. Manchmal wusste Lisaweta zu Hause nicht, ob Tag oder Nacht war.

Im Zimmer stand ein Ofen. Der Schornstein war verstopft, weswegen die ganze Familie nicht selten mit Gasmasken in der Wohnung saß. Lisaweta trug neben ihrer eigenen Kleidung auch Sachen von Getöteten.

Am schlechtesten vertrug sie den klirrenden Frost. Die Temperatur sank auf minus dreißig Grad. Trotzdem musste sie oft zwanzig Stunden mit ihrer Lebensmittelkarte Schlange stehen. Einmal hatte sie sie irgendwo verloren und ihre Mutter brachte sie vor Wut beinahe um. Täglich hatte Lisaweta Anspruch auf 125 Gramm Brot.

Durch unterirdische Gänge wurden vor allem Rohstoffe und Getreide sowie Rechner und Server aus der Stadt evakuiert. Erst danach durften Informatiker, Ingenieure und Politiker gehen, dann ihre Familien und die immer jüngeren Rekruten. Frauen, Kinder und alte Leute blieben zurück.

Sie erzählte von Menschen, die vor Hunger, Erschöpfung und Kälte einfach umfielen. Weinende Kinder neben ihrer toten Mutter am Straßenrand.

Die militärische Aktion hatte nicht das Ziel, die Stadt und ihre Umgebung schnell einzunehmen, sondern es ging darum, die Bewohner zu lähmen, sie zu demoralisieren, einen Wandel in ihrer Einstellung zu erreichen. Man wollte ihren Willen brechen, damit sie ihr Territorium und ihre Interessen nicht mehr verteidigten. Ein paralleler Angriff lief im Internet.

Lisaweta aß alles, was der Magen verdauen konnte, sogar Laub von Bäumen, Lippenstift oder Holzfarbe.

Früher hatten in der Vorstadt bei schönem Wetter Tanzveranstaltungen mit DJs stattgefunden. Während des Krieges hatten sie im Saal eine Leichenhalle eingerichtet. Lisaweta ging immer wieder heimlich dorthin. Einmal fand sie Körper mit herausgeschnittenen Wangen, Schultern und Schenkeln vor. Die Menschen verkauften das Fleisch auf dem Schwarzmarkt oder ernährten sich selbst davon. Auch Lisaweta aß es. Sie sagte, sie schäme sich nicht.

Ihre Brüder und Schwestern beneidete sie um Brotkrümel. Sie hatte Angst, dass der nächste Moment der letzte sein könnte, hoffte, dass irgendjemand eher sterben würde und eine Portion übrig bliebe. Trotz ihrer maßlosen Erschöpfung schrieb sie heimlich weiter an ihrem Text.

Sie erlebte auch außergewöhnliche und seltene Augenblicke, als ein Orchester ein Konzert gab, ein Aufruf zum Waffenstillstand. Oder wenn sie es schaffte, ins Internet zu kommen und sich die Solidaritätsbekundungen aus fremden Ländern anzuschauen. Für eine Weile war sie in eine andere Welt versetzt. Umso schwerer fiel ihr die Rückkehr in die Realität.

Einige Einrichtungen waren immer noch in Betrieb. Viele junge Menschen gingen zur Schule und legten Prüfungen ab. Die Okkupanten glaubten, die Stadt werde jeden Moment fallen, aber sie waren nicht fähig, den Widerstand zu brechen.

Chaos machte sich breit. Der Aggressor verhinderte durch diversionistische Aktionen und eine Desinformationskampagne erfolgreich seine eindeutige Identifizierung und eine anschließende Vergeltung.

Die Stadt wurde von unbemannten Flugzeugen bombardiert. Die Bewohner kannten das Bienengesumm der Kollektivdrohnen bereits sehr gut. Auch in Lisawetas Haus gab es einen unterirdischen Schutzraum, wo sie regelmäßig Zuflucht suchte. Im Keller schlief sie sogar manchmal im Sitzen.

Jeder half, so gut er konnte. Lisaweta las vor, sang und spielte mit ein paar Musikern, vor allem für Kinder. Man brachte die Gruppe in Schulen und Krankenhäuser. Oft traten sie in überfüllten Räumen für Verwundete auf.

Im härtesten Winter war nichts mehr zum Heizen übrig. Alles war aufgebraucht, die Gebäude waren in alle Einzelteile zerlegt, jeder Schrank, jeder Schuppen, jedes Holzgeländer.

Endlich vollendete Lisaweta das Buch, neunzig handgeschriebene Seiten. Sie hütete sie wie ihren Augapfel. Allerdings erbat sich die Familie das Manuskript, erst versuchshalber, später mit immer größerem Nachdruck.

Die Geschwister froren und waren völlig verzweifelt. In der Stadt häuften sich Selbstmorde aus Hoffnungslosigkeit. Die Menschen befürchteten das Allerschlimmste. Wo irgendetwas zu essen oder zum Heizen auftauchte, brachen unbarmherzige Kämpfe aus.

Die feinen, biegsamen Seiten waren eine Chance. Eine Hoffnung auf Rettung. Die Familie versuchte es im Guten und im Bösen. Schließlich resignierte Lisaweta. Ihr Buch, das einzige Exemplar, verbrannte sie selbst Seite für Seite im Kachelofen. Das Feuer verschlang das Werk Zeile um Zeile, Absatz um Absatz und verströmte schwache Wärme. Die Verwandten wechselten sich über der Flamme mit ihren Händen ab.

Drei Tage, nachdem sie die letzte Seite verfeuert hatte, gab es einen leichten Temperaturanstieg.

Sie beschloss, nie wieder etwas zu schreiben.

Die intensivsten Erinnerungen hatte sie an die vorübergehende Beendigung des Konflikts und den Abzug des Feindes. Mit ein paar Mitschülern bereitete sie ein Konzert vor, das dem Abschluss des Waffenstillstands gewidmet war.

Lisawetas Augen waren geschlossen, die Lippen leicht geöffnet, ihr Adamsapfel machte einen Hüpfer.

»Entschuldigung ... Könnten Sie mir ...«, stotterte ich.

Der Satz blieb in der Luft hängen.

※

Nach einem Jahr im Krankenhaus geriet ich in einen eigenartigen Zustand. Ich wurde partout nicht gesund. Von der erhöhten Temperatur hatte ich starke Kopfschmerzen. Jede Stunde maß ich Fieber. Im Dreißigminutentakt schluckte ich vorsichtig, ob mir nicht vielleicht der Hals wehtat. Systematisch überwachte ich Blutdruck und Puls. Wehrlosen stahl ich Tabletten und verschlang sie.

Mutter kam frei, ließ sich aber nur selten bei mir blicken. Das Personal betrachtete mich bereits als Inventar. Sporadisch unterzog ich mich oberflächlichen Untersuchungen, die nirgendwohin führten. Ich nervte die Spezialisten und war bei keinem Fachmann zufrieden, bis er mir nicht versichert hatte, dass sich mein Zustand besserte. Ich bestand auf gründlicheren und fachspezifischeren Untersuchungen, um anschließend die Ergebnisse anzuzweifeln. Ich forderte, von höheren Instanzen begutachtet zu werden, sprach andere Experten an. Das geringste körperliche Symptom interpretierte ich als todbringend.

Die Schwestern weigerten sich inzwischen, mit mir über Krankheiten zu reden, weil ich viel über Symptome las. Ich war voll und ganz überzeugt, garantiert auch an ihnen zu leiden.

Meine Angst versuchte ich mit Fressorgien zu vertreiben. Nach ein paar Wochen veränderte sich mein Äußeres. Von den nicht verordneten Medikamenten nahm ich zu. Aber im Widerspruch zu meinem massiven Körper blieb ich schwach wie eine Fliege. Ich bewegte mich zusehends schwerfälliger. Schon längst rannte ich nicht mehr durchs Krankenhaus. Als würde mir ununterbrochen jemand auf den Schultern sitzen. Bei meiner Ankunft in der Klinik hatte ich fünfundfünfzig Kilo gewogen. Nun waren es fast hundert.

⁂

Eine Sache machte mich noch fertiger als meine ruinierte Gesundheit: dass ich noch Jungfrau war.

In meinem Alter hatte doch jeder schon mal Sex gehabt! Bloß ich wusste nach wie vor nicht, wie eine nackte Frau in echt aussah – welche gesehen hatte ich nur in Internetpornos. Ich war völlig verzweifelt.

Die offenbar älteste männliche Jungfrau in der Stadt. Ich kannte niemanden in meinem Alter, der ein ähnliches Problem hätte beziehungsweise das zugeben würde.

Durch mein Aussehen war ich bei den Frauen abgeschrieben. Ein wohlhabenderer Patient bezahlte eine Putzfrau, damit sie ihn mit der Hand befriedigte, und er bot an, mir etwas dazuzugeben, damit sie auch mich bedienen würde. Ich konnte mich nicht dazu durchringen, einzuwilligen.

Mein verwirrter Organismus war dank des Übergewichts komplett durchgedreht. Ich hatte so oft Hunger, dass ich vor Fresslust nicht einschlafen konnte. Kaum hatte ich die Augen zugemacht, war ich drei Stunden später schon wieder wach und stöberte nach Vorräten. Ich aß heimlich etwas und legte mich wieder hin. Nach zwei Stunden ging es wieder los. Und danach wieder. Die Intervalle wurden immer kürzer.

Ich stahl Essen aus dem Schwesternkühlschrank und von den Patienten. Auf einen Schlag stopfte ich so viel in mich hinein, wie früher in zwei Tagen. Ich bat die Ärzte um irgendetwas zu beißen, egal was. Ich bettelte bei den Küchenfrauen. Nahm Kranken ihre Portionen weg. Soff fremde Medizin.

Ich nahm zu, und die Kilos machten mich fertig. Nach fünfzig Metern zu Fuß musste ich eine Pause einlegen. Treppen konnte ich kaum noch steigen. Ständig war ich schweißgebadet. Ich konnte mich nicht mehr in meine Sachen quetschen, deshalb klaute ich aus dem Lager alle Kleidung von Verstorbenen, die in XXL zu finden war.

Jeder sagte mir, ich solle abnehmen. Das hätte ich gern getan. Ich sah aus wie ein Phantom. Hässlich wie die Nacht, riesig wie ein Hüne.

※

Johanna lernte ich kennen, als sie sie bewusstlos auf einer Trage anschleppten. Sie legten sie zu meinen Füßen ab. Die Ärzte hatten weder Zeit noch Lust, sich mit ihr zu befassen. Ihr würden sie keinen Bakschisch abluchsen können. Außerdem: Im Krankenhaus zwei nüchterne Schwestern zu finden, war ein Kunststück.

Ich beugte mich zu ihr hinab. Auch andere Patienten kamen angelaufen. Das Begrüßungsritual. Lebte sie? Atmete sie? Oder Exitus?

Ich lauschte am Brustkorb. Ertastete den Puls.

»Ejtsch«, sagte jemand lapidar. »Goldener Schuss.«

Mir wurde schwarz vor Augen.

Ein Mann mit Morbus Crohn schob ihr den Ärmel hoch. Einstiche und Blutergüsse. Ein Mädchen mit ausgemergeltem Gesicht, sehnigem Hals und Armen und einem fragilen Brustkorb. Dichte schwarze Haare und eine breite Nase. Sie drehten sie herum. Der Kopf hinten rasiert. Ein Stück abwärts zeichneten sich unter der Haut zwei unauffällige Muskelstränge auf beiden Seiten des Nackens ab.

»Kannst du mich hören? He! Wie heißt du?«

Sie reagierte nicht. Der Crohn-Typ hob die Stimme.

»Wir sind bei dir, keine Angst, du brauchst uns nur zu sagen, wie du heißt. Rede! Nicht abhauen, okay? Verstehst du? Du musst reden.«

In meinem ganzen Leben hatte ich noch nicht mal eine Zigarette mit Marihuana geraucht, hier konnte ich wirklich nicht weiterhelfen. Ich zog mich zurück.

»Spritzt ihr Kochsalzlösung!«, brüllte jemand.

»Hilft nix«, winkte ein anderer ab.

Der Crohn-Typ rüttelte sie leicht. Presste seinen Fingernagel gegen ihr Ohrläppchen. Drückte ihr den Brustkorb zusammen, einmal, zweimal, dreißigmal.

»Atme, Mädel, atme, los, mach«, sagte er immer wieder neben ihrem Kopf.

Sie öffnete die Augen! Ihre Lippen bewegten sich leicht. Die weißen Lider zuckten unruhig.

Wieder beugte ich mich zu ihr. In meine Nase stieg ein säuerlicher Geruch.

Plötzlich richtete sie sich auf. Sagte, sie heiße Johanna. Und reiherte mir die Schuhe voll.

»Seit meiner Kindheit gefiel mir das Träumen immer besser als die Wirklichkeit. Ich griff zu allen Methoden und Mitteln, die ich kannte, beeinflusste künstlich meine Blutzirkulation, nutzte Autohypnose, Morphium, Haschisch und alle möglichen Einschlafgifte, aber alle boten mir nur den ihnen jeweils eigenen Zauber. Nach der Reizung mit dem Dämon des indischen Mohns verspürte ich eine genüssliche Erschöpfung, ein kraftloses Auf und Ab des Traumschiffchens auf dem endlosen Ozean, der aus seinen Wellen immer neue Visionen gebar, aber diese Bilder ordneten sich meinen Beschwörungsformeln nicht unter.«

WALERI BRJUSSOW:
DIE LETZTEN SEITEN DES TAGEBUCHS

So begann unsere Freundschaft.

Mir wurde übel und fast hätte ich zurückgekotzt. Zum Glück schaffte ich es, aufzustehen. Ich atmete tief durch. Zwei Männer brachten Johanna in die stabile Seitenlage, damit sie nicht an ihrem Erbrochenen erstickte.

Irgendwer nahm einen Lappen in die Hand und scheuerte den Fußboden. Ich schleppte mich davon, um meine Sachen zu wechseln. Es dauerte ungefähr noch eine halbe Stunde, bis Johanna wieder zu sich gekommen war. Sie wurde gewogen: zweiundvierzig Kilo. Haut und Knochen. Aber unerwartet rasch stand sie auf eigenen Füßen.

Über Drogen wusste ich fast gar nichts. Anführer-Sohn hatte immer betont, dass Süchte nur im durch und durch verkommenen Rest der Welt florierten, bei uns gebe es nichts dergleichen. Ausländer stellte er systematisch als verkommene Junkies dar. Angeblich nahmen junge Menschen Drogen, weil die Gesellschaft sie nicht zufriedenstellen konnte oder wollte und keine Arbeit für sie hatte.

Dank Johanna konnte ich mich weiterbilden. Blitzschnell hatte sie sich im Krankenhaus orientiert. Wofür ich Wochen gebraucht hatte, das meisterte sie in ein paar Stunden. Ich hatte keinen Schimmer gehabt, dass man im Altstädter kinderleicht Drogen auftreiben konnte. Sie erläuterte mir, dass sich Schwestern und Ärzte gern etwas zu ihrem Gehalt dazuverdienten. Sie versteckte sich mit jemandem hinter einem Paravent, und kurze Zeit später hatte sie eine Dosis in der Hand.

Ihre Schüsse setzte sie sich auf dem Klo. Danach saß sie bei mir, aber gleichzeitig schien sie weit weg zu sein. Auch wenn sie mir ins Gesicht starrte, schaute sie nicht mich an.

»Was liest du?«, fragte sie einmal kurz danach, als sie mein Tablet sah.

»Dostojewski.«

»Überbewertete mittelmäßige Krimis. Wusstest du, dass sie ihn zum Tod verurteilt, aber kurz vorm Erschießen begnadigt haben?«

»Bloß gut!«, antwortete ich. »Weißt du, um wie viele Werke ärmer wir gewesen wären?«

»Ich hätte ihm am liebsten selber eine Kugel in die Brust gefeuert. Ganze Generationen wären verschont geblieben. Lies Tolstoi! Aber nicht den alten Irren, den perversen Heuchler, sondern seinen Cousin Alexei, vor allem *Aelita*. Untertitel: *Der Untergang des Mars!* Famoser Name für ein Buch.«

»Worum geht's da?«

»Wie bei allen richtig guten Geschichten aus der Zukunft und von anderen Planeten: um unsere Erde und die Gegenwart. Wie wir die Welt zugrunde gerichtet haben und das Ende naht. Guck dir im Netz den Film an.«

»Hast du ihn gesehen?«

»Zehnmal. Ich beneide dich, dass du ihn zum ersten Mal siehst. Das erste Mal ist das schönste.«

»Guck ihn mit mir zusammen.«

»Okay, mal sehn.«

Als ich Samjatin lobte, war das für sie in Ordnung, aber ich möge umgehend alles von den Brüdern Strugatzki lesen. Als ich Solschenizyn ins Spiel brachte, konterte sie mit Martschenko.

So hatte ich mir Gespräche mit Drogenabhängigen nicht vorgestellt. Anführer-Sohn hatte mir eingetrichtert, dass sie schwere Verbrechen begingen, stahlen, mordeten und rasend schnell starben, weil sie mit mutierten Versionen des HI-Virus infiziert waren.

Am Abend schaute sich Johanna mit mir *Aelita* zum elften Mal an. Sie hatte nicht übertrieben, den Film kannte sie auswendig. Die Untertitel sagte sie schon im Voraus an: »Es klingt seltsam, aber vielleicht denkt auf dem Mars jemand an uns.«

»Ach komm, wir werden zusammen viel Spaß haben!«, schrie sie eine knappe halbe Stunde später.

Johanna hatte vermutlich alles zehnmal gelesen und gesehen. Ich begriff nur nicht, wann. *Aelita* verschlang ich. Film und Vorlage unterschieden sich, gleichzeitig ergänzten sie sich auf bemerkenswerte Weise.

Obwohl Johanna nicht gut roch, nicht besonders aussah und nicht wirklich nett war, zog sie mich an. Nicht als Frau. Ich hoffte, dass sie eine gute Freundin werden würde, eine richtige, wie ich sie nur aus Büchern kannte.

Johanna war zwei Sachen verfallen: Drogen und russischer Science-Fiction. Beides kannte sie bis ins kleinste Detail. Den meisten Speicherplatz auf ihrem billigen Tablet nahm die Bibliothek ein.

»Wir müssen zueinander von Anfang an absolut ehrlich sein. Nur dann können wir Freunde werden. Keine Kompromisse, keine Lügen, keine Heuchelei. Einverstanden? Schaffst du das?«

»Ich versuch's, klar«, stotterte ich. Vollkommen ehrlich.

»Keine Zweifel!«, blaffte sie zurück.

Johanna versuchte, von den Drogen wegzukommen.

Ich von meiner zwanghaften Völlerei und vom Übergewicht. Beide wollten wir unbedingt gesund werden.

Endlich hatte ich in der Klinik eine verwandte Seele gefunden. Zum ersten Mal, seit ich meinen Bruder verloren hatte.

Im Krankenhaus schlichen regelmäßig dubiose Gestalten herum. Die Verkäufer von Schlankheitsmitteln nahmen mich sofort ins Visier. Äußerlich war ich das ideale Zielobjekt. Bei Johanna kamen Dealer angekrochen. Ich versuchte, sie zu verscheuchen, aber das schaffte ich nicht immer.

Wenn sie dazu in der Lage war, redeten wir nächtelang. Detailliert machten wir uns mit Kindheit und Jugend des anderen vertraut.

Sie war als jüngste von vier Schwestern aufgewachsen. Alle dunkel, nur sie kreidebleich. Auch ihre Familie hatte einst zu den Privilegierten gehört. Ihre Schwestern sagten immer, Johanna sei ein verwöhntes Gör ohne Prinzipien und Disziplin. Sie konnte nicht stillsitzen. Wartete darauf, endlich in die Welt hinauszufliegen.

In der Schule bekam sie ausgezeichnete Noten, dabei musste sie sich gar nicht sonderlich anstrengen. Sie war im Filmzirkel und in der Theatergruppe. Schon als Dreizehnjährige fand sie gängige Zerstreuungen nur langweilig. Mit etwas Geld in der Tasche suchte sie die finsteren Löcher der Stadt auf.

Auch ihr rebellisches Naturell wurde stärker, und immer schlechter vertrug sie die Autorität ihrer Eltern und Schwestern. Sie suchte sich Freundeskreise. Immer war sie anders als andere. Zuerst probierte sie leichte, später zunehmend härtere Drogen.

Ihre Familie glaubte ihr, dass sie für eine aufwändige Theatervorstellung probte und deshalb mit geschwollenem Gesicht und roten Augen nach Hause kam, an den Armen blaue Flecke. Sie hatte oft Nasenbluten, das sie mit Wattepfropfen aufzuhalten versuchte. Immer mehr Zeit verbrachte sie auf der Straße. Den Leuten kam sie wundersam vor. Ihre schulischen Leistungen verschlechterten sich, aber darauf pfiff sie. Die Eltern redeten ihr mit ruhiger und vernünftiger Stimme gut zu, sie schrie sie an.

Sie war zweiundzwanzig und nahm seit neun Jahren Drogen. Ich hatte keine Ahnung, dass man mit einer Abhängigkeit so lange überleben konnte. Johanna kannte Junkies, die sich seit drei Jahrzehnten spritzten. Die Propaganda zeichnete die Abhängigkeit als Sache weniger dekadenter Wochen, maximal Monate, und aus; Leichenhalle, Massengrab.

Sie nahm Heroin, hatte aber in der Vergangenheit auch Pervitin und Kokain probiert, Smart Drugs, Ketanest und Dormicum geschluckt, kiloweise Gras geraucht. Sie hatte die Kontrolle über ihre Abhängigkeit verloren. Ihr Körper verspürte einen unüberwindlichen Appetit auf Stoff. Obwohl sie unbedingt aufhören wollte, kam es nach einiger Zeit immer wieder zu Rückfällen.

Johanna nannte mir den Grund: ihr drogengesteuertes Denken. Sie dachte wie die Droge, mit ihr zusammen, durch sie hindurch, ihre gesamte Gedankenwelt wurde von ihr bedingt und beherrscht. Sollte sie diese Einstellung nicht ablegen, wäre eine Heilung unmöglich. Es ging nicht nur um physische Abhängigkeit. Das drogengesteuerte Denken stellte eine viel größere Gefahr dar, denn es war im Gehirn weiter wirksam, auch wenn der Körper entgiftet wurde.

Das konnte ich halbwegs nachvollziehen. Deutlich weniger identifizierte ich mich mit Johannas Überzeugung, drogengesteuertes Denken sofort erkennen zu können. Sie sah Drogen in fast allem. Auch in *Aelita*. Eindeutig von Morphium beeinflusstes Schaffen aus der Zwischenkriegszeit. Sie behauptete sogar zu wissen, was konkret der Autor eingenommen hatte. Romane, Filme und Musikalben kategorisierte sie nach den verwendeten Drogen: Heroinplatte, Kokainstreifen, Marihuanabuch und so weiter. Ich war verblüfft, dass eine Abhängige es kritisierte, wenn jemand unter Drogeneinfluss schöpferisch tätig war.

Auch mehrere Menschen aus dem Umkreis der Anführer-Familie und Oligarchen landeten durch Drogenmissbrauch als Obdachlose auf der Straße. Für Heroin hatten sie ihre Firmen und Villen verkauft. Vielen davon war sie sogar begegnet, sie kauften beim selben Dealer.

Beide hatten wir einiges erlebt. Ich im Krankenhaus, sie auf der Straße, in anderen Kliniken, in Wohnungen und Häusern von Junkies. Johanna hatte viele Drogentote gesehen. Heroinabhängige, die sich nicht therapieren ließen. Vor dem Tod wollten sie das Zeug unbedingt nehmen und Johanna brachte es ihnen. Und wenn sie es selbst nicht mehr konnten, dann setzte halt sie ihnen den finalen Schuss.

Programme für Einwegnadeln und -spritzen sowie Aufklärungsabteilungen lehnte Anführer-Sohn ab. Das Regime sperrte Junkies in Sanatorien weg und diagnostizierte sie als Allergiker. Vor allem durften sie nicht öffentlich sichtbar sein. Ein Therapieabbruch wurde mit Knast bestraft, wegen »Propagierung des Missbrauchs illegaler Substanzen«.

Johanna forderte von den Ärzten und Schwestern Zugang zu sterilen Nadeln. Sie wollte eine Ansteckung mit HIV oder Hepatitis vermeiden. Und gesund werden. Sie träumte von Methadon. Im Krankenhaus konnten sie ihr nicht helfen. Sie ließen sie im Regen stehen. Und deshalb verbrachte ich so viel Zeit mit ihr.

Mit den Drogen hatte sie ihren Organismus völlig ruiniert. Durch das Koksen war die Nasenscheidewand kollabiert. Sie injizierte sich Stoff, der mit Chinin, Soda, Milchpulver, Laktose, Puderzucker oder Strychnin gepanscht war. Zudem hatte sie sich auch eine Abhängigkeit von Schlaftabletten und Schmerzmitteln antrainiert.

In den letzten neun Jahren war kein Tag vergangen, an dem sie nichts genommen hätte. Bei Krisen, sprich: auf Entzug, konnte sie nicht schlafen. Auf Opiaten hatte sie Tagträume und Wahnvorstellungen. Auf Methamphetamin las und studierte sie und hatte Kreativitätsschübe, manchmal machte sie auch zwei Nächte in Folge durch.

Sie ging auf den Strich. Dreimal war sie wegen Vergehen im Zusammenhang mit Drogenkonsum in Haft gewesen. Sie klaute alles und überall, war eine unglaublich geschickte Diebin. Ihre Eltern erleichterte sie nach und nach um fast Zweihunderttausend.

Meisterlich konnte sie Urinproben für Kontrollen fälschen. Auch ich habe mehrmals für sie ins Röhrchen gepinkelt. So einige Patienten im Saal halfen ihr. Vor Verrätern nahm sie sich in Acht.

Im Krankenhaus wurden nicht nur Drogen verkauft, dort arbeiteten auch Prostituierte. Die privilegierten Patienten zahlten erhebliche Summen, damit eine Frau von draußen Besuch für sie spielte. Das Personal bestand aus vielen Frauen und nicht wenige von ihnen verdienten sich etwas dazu. Kostenpunkt: 50 bis 250.

»Du bist noch Jungfrau, was?«, fragte Johanna.

Ich bekam kein Wort heraus.

»Sei froh. Ich wär's auch gerne noch.«

»Soll ich ganz ehrlich sein? Ich warte auf ein Mädchen, das mich liebt.«

Zum Glück hat Johanna mich weder wegen meiner Asexualität noch wegen meines Übergewichts jemals ausgelacht.

※

Wir stromerten durch die Klinik. Wenn wir schweigend zwischen den Patienten hindurchgingen, begleitete uns Getuschel und Geläster von den Betten.

Seltsames Pärchen. Fettwanst und Junkie.

Die Kleine braucht einen Sponsor, Heroin ist teurer geworden.

Dickerchen hat sich verliebt!

Die macht's nur für Crystal.

Fetti kommt endlich zum Schuss!

»Höchstens mit dir«, knurrte Johanna die Alte an. »Aber dich will nicht mal der. Da bleibt er lieber für immer Jungfrau.«

Ich erlebte Johanna in den schlimmsten Krisen. Mit Schaum vorm Mund, mit Fieber und Wellen von kaltem Schweiß, wenn sie gereizt wegen jeder Kleinigkeit fluchte. Ich hielt sie, wenn sie zitterte. Verscheuchte Patienten, die sie fotografierten, wenn sie auf Entzug war.

Einmal war sie zusammengebrochen und lag auf dem Boden. Ich hob ihre Lider an. Die schwarzen Pupillen verschwanden irgendwo unter dem Stirnbein. Der Kopf war nach hinten überdehnt.

Im weißen Sanikasten, mustergültig mit einem roten Kreuz gekennzeichnet, fanden sich nur homöopathische Medikamente. Ich hockte mich hin, schlug Johanna leicht gegen die Wangen und saugte mich an ihren Lippen fest. Atmete ein, zählte, atmete wieder ein. Ich machte weiter, bis sie mir in den Mund hustete. Als ein Zittern über ihre Lider huschte, holte ich Wasser, goss ihr etwas auf Gesicht und Hals und stellte den Eimer neben das Bett, damit sie ihn in der Nacht finden könnte.

Ich war völlig erledigt, konnte mir nicht einmal etwas zu essen besorgen gehen. In der Nacht wurde ich mehrmals wach und vergewisserte mich, dass sie noch lebte.

Wie ihren Augapfel hütete Johanna das kleine Necessaire. Eine Spritze. Alkoholtupfer zur Hautdesinfektion. Selterswasser zum Verdünnen. Filter zur Beseitigung von Verunreinigungen. Pflaster. Alufolie.

»Soll ich dir auch was spritzen? Tut kaum weh. Ich benutze einen weichen Stauschlauch, eine neue Nadel und verdünne dir's im richtigen Verhältnis. Der Stoff ist der beste der Welt«, sagte sie und holte eine Kanüle heraus. Sie hing schon wieder an der Nadel ... »Blöderweise aber auch der schlimmste.«

Wenn sie allein sein wollte, zog ich mich in mein Bett zurück und las, was sie mir empfohlen hatte. Gogols Gruselgeschichte *Der Wij.* Turgenjews mysteriöse Erzählungen. Puschkins *Pique Dame.*

Sie liebte die Pioniere des Genres aus dem neunzehnten Jahrhundert, hatte sie alle gelesen. Mein Verdacht war, dass sie sich viele Titel im Rausch ausdachte.

Sie begeisterte mich für *Picknick am Wegesrand* von den Brüdern Strugatzki. Ich war fasziniert von den eigenartigen Perlen, die die Frauen als Schmuck um den Hals trugen. Diese »schwarzen Spritzer« verlangsamten das Licht. Die Autoren blieben jedoch nicht bei einer oberflächlichen Bewunderung der Physik. Sie hatten den unglaublichen Gedanken, diese Kugeln würden andere Universen darstellen und das Licht in ihnen langsamer werden, weil es so viel Zeit brauchte, um ein ganzes Universum zu durchqueren. Ich war überwältigt von ihrer Fantasie.

Johanna hielt das *Picknick* für eine Geschichte über

die Lager. Zone ist gleich Lager. Die Autoren durften nicht offen schreiben.

Wir besuchten auch Lisawetas Unterricht. Viele glaubten, dass wir ein Paar waren.

Eines Abends saßen wir auf dem Bett. Ich fragte nach etwas Gutem und Neuem zum Lesen. Sie antwortete: »Ich habe nichts. Ich würde dir gern was geben, aber man kann nicht mehr schreiben wie früher. Wir haben eine virtuelle Realität, fliegende Autos, Nanotechnologie und geklonte Tiere. Die Wirklichkeit hat die Science-Fiction überholt. Die Wissenschaft ist fantastischer als die Kunst. Alle Literatur ist bereits geschrieben. Jetzt müssen wir die Wirklichkeit schaffen.«

※

Johannas Großmutter hatte Gedichte geschrieben. Offenbar gute, denn Anführer-Vater steckte sie in ein Lager. Wenn der Despot etwas nicht leiden konnte, taugte es meist etwas.

Als ihre Großmutter ins Lager verschleppt wurde, konnte sie ihre neuen Gedichte nicht mitnehmen, weil man sie ihr sofort weggenommen und vernichtet hätte. Deshalb suchte sie sich ein einziges aus und schrieb es auf einen Zettel. Sie hatte Angst, es zu verlieren. Vor dem Eingang ins Lager, inmitten von Chaos und Furcht, zwischen grimmigen Aufsehern mit elektronischen Schlagstöcken und Hunden, rutschte ihr der Zettel mit dem Gedicht aus der Hand, obwohl sie ihn mit ganzer Kraft umklammert hatte. Voller Entsetzen war sie überzeugt, dass sie die Verse vergessen würde, sie ging davon aus, dass man sie ihr aus dem Kopf prügeln würde. Inhaftierte kehrten mit ausradierten Hirnen zurück. Sie sprang dem Gedicht hinterher und fand es im Gewirr aus Beinen. Sie schnappte sich den Zettel und stand nun in einer anderen Gruppe von Gefangenen. Ein paar Stunden später erfuhr sie, dass man alle vier Frauen, die in ihrer ursprünglichen Reihe stehen geblieben waren, nach der Ankunft hingerichtet hatte.

Johannas Großmutter überlebte das Lager. Als Anführer-Vater starb, erschien das gerettete Gedicht in einem Buch. Es gab sogar Überlegungen, es zum Text der Nationalhymne zu machen, aber schließlich setzte sich ein pathetischer volkstümlicher Marsch durch. Unter der Herrschaft von Anführer-Sohn schickte man auf internationalen Druck hin niemanden mehr in die Lager, aber ganz aufgelöst wurden sie nie.

*

Wie ich mir Johannas Eltern vorstellte? Ich dachte, dass Drogenabhängige in zerrütteten Familien aufwuchsen. Als Johanna zum ersten Mal Besuch von Vater und Mutter bekam, versteckte sie sich.

Ihr Vater arbeitete als Verlagslektor, er war vor allem zuständig für Fantasy-Literatur. Die Mutter war bei der Kammeroper angestellt. Als ich die beiden kommen sah, war mir klar, dass sie keine Ahnung hatten, was bei ihrer Tochter lief.

Bei ihrem zweiten Besuch machten wir uns miteinander bekannt.

»Wir sind sehr beunruhigt. Was ist denn mit unserer Tochter? Weißt du etwas von Johanna?«, fragten sie.

»Sie ist in Therapie. Sie ist in kritischem Zustand eingeliefert worden.«

»Was hat sie? So rede doch!«

»Sie ist drogenabhängig, Heroin«, antwortete ich. Absolute Ehrlichkeit.

Als Johanna erfuhr, dass ich sie verraten hatte, war sie stinksauer. Sie verkündete, bis an ihr Lebensende kein Wort mehr mit mir zu sprechen. Ich sei der schlimmste Mensch auf der Welt. Ein Schurke. Um sich zu beruhigen, setzte sie sich einen Schuss.

Ich hätte nicht gedacht, dass sich eine Sucht so lange vor den eigenen Eltern verheimlichen ließ. Die beiden wussten über Drogen noch weniger als ich früher.

Junkies lügen, dass sich die Balken biegen. Johanna verleumdete mich vor ihren Eltern aufs Übelste. Ich hätte sie zur ersten Dosis überredet. Ich würde sie mit Stoff versorgen und so weiter.

Ihr Verhalten enttäuschte mich zuerst. Aber ich verstand, dass nicht sie mich anschwärzte, sondern ihr drogengesteuertes Denken.

Johanna, trotz allem meine beste, einzige Freundin.

Ein paar Tage redeten wir nicht miteinander.

Ich wollte sie nicht verlieren. Man munkelte, dass ich entlassen werden könnte.

Ich schrieb ihr eine Message.

Sie schrieb zurück.

Ich weiß nicht, was ich lesen soll.

Dein Pech. Hast du schon *Hotel »Zum verunglückten Bergsteiger«* ausgelesen?

Nein. Ich habe angefangen mit *Eine Milliarde Jahre vor dem Weltuntergang*.

Das hat aber gedauert!

Hasst du mich immer noch?

Ja!

※

Der Informationskrieg fand weit von uns entfernt statt. Wir hatten den Eindruck, außen vor zu bleiben. Doch die nächste Wahl kam und die Dinge änderten sich. Zum ersten Mal wurde elektronisch abgestimmt. Damit der Stimmenklau schneller über die Bühne gehen konnte, hieß es. Im Krankenhaus gingen sie nach wie vor mit einer Wahlurne herum. Es gab so viele Kandidaten wie nie zuvor. Stimmen wurden mit Medikamenten gekauft.

Die Ergebnisse fielen schlimm aus. Regierungschefin wurde die Geliebte des reichsten Mafiabosses, der ihre Kampagne gesponsert hatte. Auf den Posten des Umweltministers setzte man einen Leugner des Klimawandels. Den Bereich Soziales vertrauten sie einem Oligarchen an. Das Gesundheitswesen übernahm die Direktorin einer Homöopathiefabrik, eine Vorkämpferin gegen das Impfen. Die Bildungsverwaltung leitete nun jemand, der weder einen Schulabschluss hatte noch das Bildungssystem überhaupt anerkannte. Verantwortlich für die Sicherheit war ein paranoider Verbreiter von Fake-News.

Auch im Krankenhaus wurde über die Entwicklungen diskutiert. Die Patienten hatten Angst. Johanna war von dem ganzen Prozess schockiert. Sie konnte sich nicht von ihrem Tablet losreißen.

Die Politik wurde immer absurder. Man munkelte, die Gewinner hätten die Wahl gefälscht, der Sieg sei gekauft von der Mafia, die mehrere Parteien beherrsche.

Johanna und ich verfolgten stumm vor Verblüffung, wo die Reise hinging. Ein grundlegender Wandel fand auch im Internet statt. Massenweise wurden dort Berichte über Ereignisse verbreitet, die nie stattgefunden hatten. Unmengen von bezahlten Diskutanten tauchten auf. Tausende von Trollen überfluteten Chatforen und soziale Netzwerke. Ihre Kommentare konnte man nur mit der Kotztüte in der Hand lesen.

Der Informationskrieg. An der neuen Epidemie erstaunte mich vor allem, wie schnell sie sich ausbreitete. Kaum zu glauben, dass dieselben Menschen noch vor ein paar Jahren Mut im Kampf gegen das Anführer-Regime gezeigt und sich dem Tyrannen widersetzt hatten.

Johanna kam zur Überzeugung, dass sie nur eine einzige Möglichkeit hatte, nach dem Gesundwerden ein wenig das wiedergutzumachen, was sie im Leben vermasselt hatte. Sie wollte etwas gegen die Trolle unternehmen. Sie wollte ihre Stimme erheben. Nicht stumm bleiben. Sich nicht abfinden. Nicht resignieren. Es wenigstens versuchen. Zur unsichtbaren Heldin werden. Wie jene drei Männer im Reich, die nach der Explosion eines Kernkraftwerks ins kontaminierte Wasser stiegen. Dieser Tauchgang bedeutete ihren sicheren Tod. Aber sie verhinderten eine thermonukleare Reaktion und bewahrten die Welt vor einer globalen Katastrophe. Alle drei starben binnen einer Woche nach ihrer Heldentat. Niemand kann sich an ihre Namen erinnern, niemand kennt sie mehr.

Johanna wusste: Wenn sie sich jetzt nicht Mühe gäbe und sich etwas einfallen ließe, würde sie sich das bis ans Lebensende vorwerfen. So eine Herausforderung konnte man nicht ignorieren. Sie sann über die Möglichkeiten nach und quälte sich damit herum, immer wieder irrte sie durch verschiedene Sackgassen und wurde dessen doch nicht überdrüssig. Sie versenkte sich ins Dunkel ihres Gehirns und suchte nach Lösungen. Wenn sie sich einmal etwas in den Kopf gesetzt hatte, stand auch ihr Entschluss, diesen impulsiven Plan in die Tat umzusetzen. Sie dachte nicht darüber nach, ob all das die aufgewandte Energie wert sein würde, es ging ihr nur darum, durchzuhalten und den Plan zu vollenden. Ich kämpfte fortwährend gegen Zweifel und Unentschlossenheit an. Sie aber nicht.

Wir beobachteten, wie sich eine Nachricht im Netz verbreitete:

SCHOCK in der Apotheke, an ALLE weiterleiten! Bis letzte Woche hatte ich keine Ahnung, dass Flüchtlinge nichts für Medikamente bezahlen müssen. Ich war in einer Apotheke, um meinen kranken Kindern Hustentropfen, Nasenspray und Spitzwegerichsirup zu kaufen.

Vor mir waren DIE dran, sie ließen sich ihre Medikamente geben und zückten anschließend eine Bescheinigung von der Einwanderungsbehörde. Die Apothekerin nickte, und weg waren sie! Ich fragte sie, was ich da eben miterlebt hätte. Sie antwortete, dass der Staat den Flüchtlingen alle Medikamente bezahlt. Ich fiel fast in Ohnmacht, packte meine zwei Hunderter auf den Ladentisch und ging stinksauer nach Hause. Ich habe Arbeit, zahle Wucherbeiträge für Sozial- und Krankenversicherung und hohe Steuern – und das alles für DIE und ihresgleichen. BITTE LEITEN SIE DIESE INFO WEITER, WIR MÜSSEN ETWAS UNTERNEHMEN!«

Innerhalb von zwei Stunden teilten neunzigtausend Menschen den Post, einschließlich zweier Ärzte aus dem Altstädter und Johannas Lieblingscousin.

»Wir steigen in die schmutzigste Kloake und waten hindurch. Wir werden Zeugnis ablegen«, verkündete sie.

Die Haare klebten ihr auf der Stirn und ihre Augen glänzten. Die Lider bildeten unter dem Augenbrauenbogen zwei kaum sichtbare Falten. Die Schläfen waren von einer weißen Tätowierung aus Runzeln bedeckt.

Ich kapierte nicht.

»Denk an Stern, an Lisaweta, an meine Großmutter. Das sind wir ihnen schuldig. Wer sich nicht zu Wort meldet, lädt durch sein Schweigen Schuld auf sich.«

In der Nacht begann Johanna, an ihrem Plan zu stricken.

2. TEIL
IM NETZ

An wen grenzt das Reich? An wen es will.

GEFLÜGELTES WORT AUS DEM REICH

»Wir haben nicht das Recht, gegenüber 150 Millionen Menschen zu behaupten, dass siebzig Jahre ihres Lebens, des Lebens ihrer Eltern und Großeltern, alles, woran sie geglaubt haben, wofür sie sich geschlagen und geopfert haben, die Luft, die sie geatmet haben, dass all dies abscheulicher Dreck ist. Der Kommunismus hat diverse Bestialitäten auf dem Gewissen, das stimmt, aber wir können ihn nicht mit dem Naziregime vergleichen, wie das bis heute alle westlichen Intellektuellen automatisch tun. Das ist ungeheuerlich. Der Kommunismus war etwas Großes, Heldenhaftes und Schönes, er hatte sich vollstes Vertrauen errungen und hat auch Vertrauen geweckt. In ihm war zudem etwas von einer Unschuld, sodass ihn in der unbarmherzigen Welt, die auf ihn folgte, jeder mit seiner Kindheit verbindet und mit dem, was an ihr anrührend war.«

WLADIMIR PUTIN: AUS ERSTER HAND, 2000

Von Trollen wusste man schon lange. Sie wurden von Firmen, Parteien, Terrororganisationen, Staaten und militanten Gruppierungen geordert. Sie verbreiteten auf Bestellung Nachrichten, lenkten die Aufmerksamkeit von wirklich wichtigen Dingen ab, wetteiferten miteinander, machten Opponenten fertig. Trolljäger bemühten sich an verschiedenen Orten der Welt, ihre Praktiken zu enthüllen. Sie schleusten sich bei ihnen ein und förderten Informationen zutage. Die Trolle enttarnten die meisten von ihnen allerdings blitzschnell und bestraften sie.

Wo hatten unsere Vorgänger Fehler gemacht?

Johanna und ich fingen an, die Falschmeldungen unter die Lupe zu nehmen. Zunächst genügte uns eine Suchmaschine. Wir stellten fest, dass zahlreiche Videos über den Hybridkrieg aus anderen, weiter zurückliegenden Konflikten stammten, viele sogar aus Spielfilmen. Wir trugen die Ergebnisse zusammen, untersuchten klar ersichtliche Fälschungen und posteten sie anonym. Wir trennten die Wahrheit von der Lüge, um ein wenig Klarheit in das Durcheinander zu bringen. Einige unserer Beobachtungen stießen auf ein unerwartetes Echo und verbreiteten sich viral.

Unsere Forschungen wurden allerdings schon bald komplizierter. In den Netznachrichten stießen wir einmal auf weinende junge Frauen, die herzzerreißend erzählten, wie sie hinter dem Frontverlauf Opfer einer Massenvergewaltigung durch feindliche Soldaten geworden waren. Die Zeuginnen wirkten glaubwürdig. Ein paar Stunden später entdeckten wir dieselben Frauen in Videos, die sie als Demonstrantinnen auf einem Platz und als Kämpferinnen in Schützengräben zeigten.

Die sich widersprechenden Behauptungen hatte der Regisseur ungeschickt zusammengeschustert, es war ihm völlig egal, ob man ihn beim Tricksen erwischen würde. Offensichtlich wollte er nur unsere Aufmerksamkeit ablenken. Wir waren unsicher, ob es nicht in eine Sackgasse führte, so viel Zeit für die Demaskierung offensichtlich erfundener Meldungen aufzuwenden.

Die Fake-Medien beriefen sich allerdings plötzlich auf unsere Berichte, sie taten so, als würden wir das genaue Gegenteil beweisen, also die hundertprozentige Wahrhaftigkeit ihrer Hirngespinste bestätigen. Wir waren sprachlos. Es war wie ein Blick in einen Spiegel, in dem wir unsere Ebenbilder kopfüber sahen.

Wir suchten nach Anhaltspunkten. Wir beobachteten, ob und wie die ursprüngliche Meldung von vertrauenswürdigen Medien veröffentlicht wurde. Die BBC und andere zögerten, wahrscheinlich hatten sie resigniert und informierten über etwas weniger Kompliziertes und Kontroverses. Die anerkannten Presseagenturen gaben lieber zwei Versionen der Ereignisse heraus, als ginge es um zwei gleichwertige Ansichten und das Bemühen um ausgewogene Information. Andernfalls hätte ihnen von Opponenten und Politikern ein Shitstorm gedroht.

Wir bekamen immer größere Zweifel am Sinn unserer Investigationen. Wir konnten zuschauen, wie sich die Wahrheit unablässig veränderte. Jede Geschichte umfasste zwei, drei sich widersprechende Versionen.

Woher stammte eigentlich das ursprüngliche Video der angeblich vergewaltigten Frauen? Was, wenn es jemand inszeniert, stilisiert, frisiert hatte? Die Realität schien porös zu sein wie ein Schwamm.

Vor unseren Augen geschah etwas Komplizierteres als bloße Propaganda: Man konnte nichts belegen, und gleichzeitig verlor der Begriff des Beweises seinen Sinn.

»Wir müssen da rein«, sagte Johanna. »Nichts überstürzen. Uns gut darauf vorbereiten. Jahrelang, wenn's sein muss.«

»Wenn du überleben willst, ist das Wichtigste, keine Aufmerksamkeit zu erregen.« Mir fielen Sterns Worte wieder ein.

»Diejenigen, die gescheitert sind, haben alle denselben Fehler gemacht: Sie haben sich eingeschleust, sind aber passiv geblieben. Wir müssen trollen, sogar besser als die anderen. Dort drin so lange wie möglich aushalten. Wir dürfen uns nicht verraten. Eine Weile werden wir so sein wie sie, um zu zeigen, dass wir nicht so sind wie sie.«

»Wie lange wird diese Weile dauern?«

»Vielleicht eine Woche, einen Monat, ich hoffe, dass es ein Jahr oder mehr wird. Aber das ist nicht alles. Wir müssen untersuchen, wie Trolle auf ihre Enttarnung reagieren. In der Schlussphase werden wir vermutlich getrennte Wege gehen.«

»Für das hehre Ziel soll ich meine einzige Freundin opfern?«

»Vielleicht bringt uns das einander näher.«

»Vorher musst du aber noch deine Therapie abschließen.«

»Und du abnehmen!«

Schon seit einer Woche hatte ich weder erhöhte Temperatur, noch Halsschmerzen oder Husten.

※

»Und so geschah es in der Zeit der Sagen, nach Überschwemmungen und Sintfluten, dass bewaffnete Männer der Erde entstiegen und sich gegenseitig ausrotteten.«
MONTESQUIEU: VOM GEIST DER GESETZE.
BUCH 23, KAPITEL 23

Meine Zeit im Krankenhaus endete nach fünf Jahren. Entließen sie mich, weil es mir endlich gut ging? Oder war die Versicherung bankrott?

Ich fühlte mich wirklich besser. Aber für wie lange würde das anhalten? Meine Krankenakte war inzwischen so dick wie ein russischer Roman. Meine Immunabwehr bildete sich neu und wurde immer stärker.

Das Klinikgebäude verließ ich im Laufschritt, trotz meines Übergewichts. Ich übersprang jede zweite Stufe. Nach einer Viertelstunde war ich erschöpft. Ein Kilometer kam mir vor wie zehn. Mein Kopf dröhnte. Ich hatte Angst, in Ohnmacht zu fallen. Ich raffte mich auf und schleppte mich weiter.

Zwanzig Jahr alt, von der Freiheit berauscht, ließ ich mich durch die Straßen treiben, sagte laut ihre Namen auf. Keine einzige blieb unbenannt. Meine Stadt. Kúkav.

Zum Glück hatte die Abgespanntheit nicht meinen Geist erfasst. Ich schloss die Wohnungstür auf und begrüßte Mutter. Meine Sachen waren schweißdurchtränkt, als hätten sie mich in ein feuchtes Bettlaken eingewickelt. Die dunkle Inneneinrichtung erinnerte mich an meine eigene Situation. Das ursprüngliche Mobiliar war irgendwo verloren gegangen. Geblieben waren nur die schwere Ledercouch mit den Armlehnen und rechts der verglaste Bücherschrank. Ein paar Kleidungsstücke lagen auf dem Teppich herum.

Mutters Augen waren direkt auf mich gerichtet, die Lider geschwollen und halb geschlossen. Eine vorzeitig gealterte Frau mit runzligem Gesicht und weißen, kurzgeschnittenen Haaren. Ihre Kleidung von der Sonne und den Jahren verblichen. Der Arzt bezeichnete ihren Zustand als stabilisiert, offensichtlich würde er nicht besser werden. Ich musste mich um sie kümmern.

Zumindest hatte ich einen Platz, um mein müdes Haupt zu betten. Ich wusste nicht, wie ich die Miete aufbringen sollte. Als Invalidenrentnerin lebte meine Mutter von der Hand in den Mund und gab zu, sich bereits erheblich verschuldet zu haben.

Zurück in meinem Kinderzimmer. Alles erinnerte mich an meinen Bruder. Keinen einzigen Tag im Krankenhaus hatte ich nicht an ihn gedacht. Ich hatte mich immer noch nicht daran gewöhnt, Einzelkind zu sein.

Ich schmiss mich aufs Bett wie ein Sack. Meine Knochen schmerzten, und im Kopf pulsierte die Müdigkeit wie eine Schlagader. Ich dachte an Johanna. In den letzten Wochen war sie clean geblieben. Ich hoffte, dass sie durchhalten würde.

In den darauffolgenden Tagen rekapitulierte ich die Situation und überprüfte die Möglichkeiten. Mein Gesundheitszustand blieb stabil. Ich schaffte es sogar, ein paar Kilo loszuwerden. Ich wurde stärker, überzeugt, dass ich trotz meines Übergewichts die Hauptlast meiner Krankheiten in der Klinik zurückgelassen hatte. Ich begann, von Neuem zu leben.

Ich kehrte fast wie ein Fremder zurück, fühlte mich mutterseelenallein. Meine frühere Schulklasse war in alle Winde zerstreut. Meine Altersgenossen hatten längst Abitur gemacht, ein paar von ihnen sogar schon ein Hochschulsemester absolviert. Wer durfte, versuchte, ins Ausland zu gehen und nicht wiederzukommen.

Ich stellte mir ein nach Dringlichkeit geordnetes Verzeichnis unaufschiebbarer Verpflichtungen zusammen. Mich erwartete ein Haufen Bürokratie.

Auch Johanna war nach Hause entlassen worden. Ich besuchte sie in der Wohnung ihrer Eltern. Sie kam allmählich zu Kräften. Im Krankenhaus hatte sie die Tage gezählt, die sie clean war. Dann die Wochen. Inzwischen rechnete sie nach Monaten.

Ich ging regelmäßig zu ihr. Nicht selten schlief ich auch auf der Couch im Wohnzimmer, das eingerichtet war mit zwei Sesseln, einem runden Tisch, dem Sofa und einem massiven Bücherregal, einem Traum jedes Science-Fiction-Fans.

Als ich das erste Mal in diesem Zimmer erwachte, lagen um mich herum in Schlafsäcken und auf Isomatten zwölf Mitglieder eines Kammerorchesters. Am

Vortag hatten sie ein Benefizkonzert gespielt, aber ein Hotel wäre zu teuer gewesen, und so hatte Johannas Mutter sie unter ihre Fittiche genommen.

Die Musiker waren vor dem Informationskrieg geflohen, vor Hass und Wut ihrer Landsleute, die weder mit ihren Ansichten noch mit dem Musikprogramm und der bunten ethnischen Zusammensetzung des Orchesters einverstanden waren.

In der großen Wohnung begegnete ich vielen Menschen, die auf der Flucht waren, sie machten dort Station, um zu verschnaufen und vor der nächsten Reise Kraft zu tanken. Die Gesichter der Orchestermitglieder verband etwas: die Angst. Ich hatte bereits so viel davon gesehen, dass ich auch schon anfing, mich zu fürchten.

Auf der Küchenbank redeten wir über die aktuelle Situation, über Politik, Bücher und Filme. Ich verbrachte bei Johanna allmählich mehr Zeit als zu Hause. Wenn wir alleine waren, schlossen wir die Fensterläden und zogen die Gardinen zu. Schon bald hörten wir überhaupt keine Geräusche mehr. Wir sprachen über ferne Planeten, über Träume, über andere, höher entwickelte Zivilisationen und über Mut. Für unsere Zwecke würde es wichtig sein, dass sich einer von uns detailliert mit Geschichte, Sprache und Kultur des Reichs vertraut machte. Der andere würde sich in Trolling-Techniken und IT weiterbilden.

Wir schmiedeten einen Plan.

Südlich der Innenstadt von Kúkav lag der Fluss. Wir gingen gemeinsam dorthin. Zur Feier unserer Genesung bestiegen wir ein altes Ausflugsschiff. Das Ticket kostete einen Pappenstiel. Im Innern herrschte Retro-Zauber.

Im Büffet unter Deck bestellte ich mir ein Glas Weißwein. Die Qualität entsprach dem Preis. Ich roch nicht unnütz daran, behielt ihn auch nicht lange im Mund, sparte mir kluge Kommentare und trank aus. Johanna hatte nur eine Flasche Mineralwasser. Sie war sauer, dass ich Alkohol trank, angeblich förderte ich damit drogengesteuertes Denken. Bedient wurden wir von einer Kellnerin, die gleichzeitig die Fahrkarten verkaufte. Sie zog ein Gesicht, als könnte sie, wenn sie ihre Zeit nicht hier an Bord totschlagen müsste, längst in Hollywood vor der Kamera stehen.

Wir gingen aufs Oberdeck. Die zwei einzigen Passagiere. Für einen Moment wurde mir schwindlig. Der Fluss bündelte das Licht und reflektierte es wie ein Spiegel. Die graue Metallkonstruktion der Brücke glänzte. Der Wind zerzauste Johannas Haare, die Haut auf ihren Wangen und Händen war gerötet.

Wir starteten am Ponton 1 an der Promenade und setzten über ans andere Ufer. Niemand stieg aus oder ein, und wir fuhren weiter. Dann erreichten wir das Shoppingcenter, wieder niemand.

Kúkav gefiel mir am besten vom Fluss aus. Ideal wäre es, auf dem Wasser zu leben und lediglich auf die Stadt zu schauen. Abstand tat gut. Und schlimmstenfalls könnte man sich mit dem Strom treiben lassen und es seinem Schiff gestatten, endlich andere Metropolen zu sehen, vielleicht sogar das Meer.

Johanna erzählte: »Die Trolle verfolgen ein konkretes Ziel, vielleicht wollen sie die Wahlergebnisse beeinflussen. Später wahrscheinlich Freiwillige für den Terrorismus anwerben. Einen Putsch anzetteln. Was weiß ich. Die Desinformation zeigt ihre Wirkung. Wir können ein bisschen helfen. Dazu brauchen wir mehr Fakten. Wir müssen wissen, wie das funktioniert. Ich sag dir eins: Das wird viel schwieriger, als du denkst. Vielleicht landest du in einem Lager. Oder ich. Oder wir beide. Das Reich vergisst nicht. Wenn nötig, beschmeißen wir uns gegenseitig mit dem übelsten Dreck. Denk daran zurück, wie du mich in den allerschlimmsten Zuständen erlebt hast, das wird dir noch helfen. Wir werden ihnen Intrigen vorspielen. Behaupten, dass wir uns hassen. Uns auf unappetitliche Weise Knüppel zwischen die Beine werfen. Ansonsten glauben sie uns nicht.«

»Wenn du Informationen unters Volk bringen willst, brauchst du jemanden, der dir zuhört. Die Leute sind nicht scharf darauf, die Wahrheit zu hören. Sie wollen hassen, sich über Fettwanst und Junkie lustig machen«, wandte ich ein. »Wir sind hier nicht in einem amerikanischen Film, wo zwei junge Menschen Propagandalügen aufdecken. Wir leben in Kúkav.«

Ein Matrose war gerade dabei, das Schiff festzumachen. Wir lagen bereits wieder an unserem Ausgangspunkt vor Anker. Nach dem Aussteigen schlenderten wir an der Uferpromenade entlang, planten, stritten. Schließlich schlugen wir zum ersten Mal den Weg zu mir nach Hause ein.

Ich zeigte Johanna mein Viertel. Überall wuchsen Villen und Loftwohnungen chaotisch in die Höhe, sie standen dicht gedrängt auf großen Asphaltflächen den ganzen Hügel hinauf. Es gab neue Doppelgaragen und Aufzüge. Kantige Villen mit Schieferdächern, umgeben von gepflegtem Kunstrasen. Leere Terrassen und Gärten. Türen und Tore ohne Namensschilder, nur mit Zahlen. Fast alle Bäume waren gefällt worden.

Unser Haus ragte im grellen Licht auf. Um die Botschafterresidenz des Reichs herum war ein riesiger Zaun mit schusssicherem Glas und modernster Sicherheitstechnik emporgewachsen.

Ich machte Johanna mit Mutter und Herrn Stern bekannt. Als meine beste Freundin.

Auf dem Weg lag ein alter Fußball. Ich konnte nicht widerstehen und trat mit aller Kraft dagegen. Er flog über den Zaun. Aber Herr Wadim öffnete nicht die Tür. Keiner warf ihn mir zurück. Nur die Überwachungskameras drehten sich zu mir um.

※

Ich hole Versäumtes nach: Im Verlauf von anderthalb Jahren schloss ich die Sekundarschule ab. Ich absolvierte auch zwei IT-Schulungen und belegte Sprachkurse. Nach eingehender Beratung mit Johanna und ihren Eltern beschloss ich, russische Sprache und Literatur zu studieren.

Früher war es unmöglich, einen Studienplatz in Russistik zu bekommen. Inzwischen nahmen sie jeden. Auch die Haltung der Lehrkräfte war dem Fach nicht zuträglich. Der Institutsleiter empfahl im ersten Seminar meinen Kommilitoninnen, sich gut zu verheiraten, weil sie es ansonsten zu nichts bringen würden. Den Studenten riet er, das Fach zu wechseln, und einige hörten auch auf ihn. Ich traute meinen Ohren kaum.

Obwohl mir Lisaweta gute Grundlagen vermittelt hatte, war das Studium für mich eine Quälerei. Vor allem die ersten vier Semester. Mein geschwächter Körper war nur mit größter Mühe den Anforderungen gewachsen. Als zum ersten Mal die Semester-Abschlussprüfungen auf mich zukamen, wurde ich sehr nervös. Mit Ach und Krach schaffte ich den ersten Teil, dann den zweiten und schließlich auch den dritten, und ich machte weiter.

Die Jahre nach dem Sturz von Anführer-Sohn waren in der Russistik eine abenteuerliche Zeit. Man entdeckte, übersetzte und publizierte bislang unbekannte oder verbotene Autoren und Autorinnen, Werke und auch ganze Richtungen. Ich befasste mich mit Samisdats aus der Zeit des Hybridkriegs.

Das Reich blieb für seine westlichen Nachbarn, die nahen und die fernen, unbekannt und unerforscht, unverstanden und unverständlich. Obwohl ich die Politik des Reichs verurteilte, hätte ich seine Kultur deswegen niemals in Bausch und Bogen abgeschrieben. Die Kunstproduktion widersetzte sich nicht selten Macht und Propaganda.

Ich war schockiert, wie viele Anhänger von Anführer-Vater und Anführer-Sohn noch am Institut tätig waren. Ich dachte immer, dass ein Kommunist nicht gleichzeitig auch Christ sein konnte. Aber irgendwie ging das. Sicher, auch ein Kommunist mochte einen Weg zum Glauben finden, ein Sünder konnte bekehrt werden, wenn er Buße tat. Aber nichts davon war bei den Lehrkräften zu bemerken.

Kaum jemand setzte sich mit der Vergangenheit auseinander. Auch die Erinnerung an die Lager wurde verdrängt. Die Wissenschaftler hatten früher auf dem hohen Ross gesessen. Viele konnten den Verlust ihrer Privilegien nur schwer ertragen. Am Institut herrschte eine angespannte Atmosphäre, es tobten Machtkämpfe um die weitere Ausrichtung. Die Ideologie spielte eine wichtige Rolle. In die Hörsäle kehrten Leute zurück, die dreißig Jahre keine Vorlesungen halten durften, viele von ihnen waren aus Lagern freigekommen. Nicht alle wurden willkommen geheißen. Andere hatten mit Erfolg an Universitäten im Ausland gewirkt und kamen nun her, weil sie das Bedürfnis verspürten, hier mit anzupacken.

Das neue Regime war übereifrig darin, sein Existenzrecht, seine Wichtigkeit und seine Bedeutung zu beweisen. Es wurden pseudowissenschaftliche Konferenzen organisiert, wo zur Geschichtsschreibung ganze Jahrtausende hinzugefügt wurden, jedes Detail wurde aufgebauscht, jede erhaltene Information aufgeblasen. Ich musste mithelfen, sonst hätte ich den Semesterabschluss nicht bestanden.

Über den Zugang zu den Hallen der Erkenntnis entschieden einflussreiche Professoren, die bereits dort tätig waren. Das, was ein Wissenschaftler leistete, musste von der Gesellschaft anerkannt werden. Die Lehrkräfte behaupteten gern, dass Ehre den Persönlichkeiten gebühre, die gegen den Strom schwammen, aber auf das größte Echo stießen diejenigen, die sich an die Gegebenheiten anpassten und den Mund hielten, wo es erwartet wurde und opportun war. Unter Druck produzierten sie bereitwillig Phrasen und Unwahrheiten.

Deshalb beeindruckte mich am meisten Jewgeni Nikakoj, »Professor Keinerlei«, denn das bedeutete sein russischer Nachname. Er kam immer in ein und demselben abgewetzten Anzug und mit denselben alten Lederschuhen, stand vor der Tafel und wippte vor und zurück. Ohne ihn hätte ich vermutlich mein Studium nicht zu Ende gebracht. Er referierte nicht ewig das Gleiche, las nicht aus Lehrmaterialien vor, sondern brachte den Studenten das Denken bei, Schöpfergeist und redliches wissenschaftliches Arbeiten.

In seinem bekanntesten Buch fasste er die Geschichte der alten russischen Kultur zusammen, von der Ikonenmalerei und den Skomorochi bis zum Protopopen Awwakum. Und er sorgte für die Wiederbelebung des legendären Linguistenkreises.

Er war an Podcasts gegen das Anführer-Regime beteiligt gewesen und hatte mehrere mutige Online-Petitionen für die Freiheit unterschrieben. Er pflegte regen Kontakt zu Protagonisten der Subkultur. Aber ich erfuhr, dass er auch der Spionage fürs Reich verdächtigt wurde. Man beschuldigte ihn, als Doppelagent zu arbeiten. Er war in Verbindung mit Kollegen sowohl aus dem Westen als auch aus dem Osten, und manchmal bekam er die Erlaubnis, zu einer Konferenz in einen der verbotenen Staaten zu reisen. Die eingefleischte Gefolgschaft von Anführer-Sohn hatte zwei Jahrzehnte lang einen offenen Krieg gegen den Professor geführt, ihn beschuldigt, dass er das Ausland begünstige und Widersachern helfe.

Professor Keinerlei schwieg nicht und ließ auch keinen Abschnitt seines Lebenslaufs unter den Tisch fallen. Aber einige seiner Standpunkte erstaunten mich. Er ließ Anführer-Vater und Anführer-Sohn alles Mögliche durchgehen, fast schon zu viel. Gleichzeitig reflektierte er den Westen äußerst kritisch.

»Seit dreihundert Jahre lebt Europa mit dem Reich, hat es aber immer abschätzig betrachtet, mit der Vorahnung von etwas Bösem, als sei es ein schicksalhaftes Rätsel, das auf Gedeih und Verderb gelöst werden muss. Eher erfinden wir das Perpetuum mobile oder entdecken das Elixier des Lebens, als dass der Westen das Reich versteht, sein Wesen und seine Ausrichtung. Der Mond ist da erheblich besser erforscht«, sagte er.

Auch ihm habe ich es zu verdanken, dass ich mich im Institut immer mehr in meinem Element fühlte. Ich schrieb Seminararbeiten über Tschechow, analysierte Eisenstein-Filme, befasste mich mit Berdjajews Philosophie und las Werke des klassischen Literaturkanons.

Vielleicht erlag Professor Keinerlei in Faust'scher Manier der Überzeugung von der eigenen Kraft, glaubte, den Teufel überlistet zu haben, aber der Dämon täuschte und missbrauchte ihn. Dennoch denke ich, dass Nikakoj mit seinem Einfluss und seinem Wirken hundertmal mehr gegen das Anführer-Regime tat als dafür.

In einem russischen Roman hält ein wahnsinniger Adliger die bereits verwesende Leiche der von ihm geliebten Frau für eine begehrenswerte Schönheit und begründet seine Haltung mit den Worten: Auch die Sonne hat Flecken.

Viel Zeit verbrachte ich in der imposanten Fakultätsbibliothek. Noch mehr als die Bücher bewunderte ich meine Kommilitoninnen. Eine gefiel mir besonders. Aber für Frauen existierte ich nicht. Wenn ich Mut fasste und eine fragte, ob sie vielleicht mit mir nach draußen gehen würde, fing sie meist aufrichtig an zu lachen, berührte mich flüchtig an der Schulter und drehte sich dann schnell weg, weil sie sich vor Lachen bog. Oder sie fragte erschreckt zurück: »Wie nach draußen? Ist was passiert? Müssen wir jetzt alle hier raus?«

Ich hatte keinen Schimmer, wie ich jemanden kennenlernen könnte, geschweige denn, einer Frau näherkommen. Wie ich sie überzeugen sollte, mit mir einen Kaffee trinken zu gehen oder mich zu fragen, wie es mir gehe. Es kam mir völlig unmöglich vor, Zuneigung oder Sympathien zu gewinnen. Jede fand schließlich einen Freund. Aber das war nie ich. Ich blieb mutterseelenallein.

Professor Keinerlei umgab sich mit fähigen Dozenten und Assistenten. Die jungen Leute unterrichteten nicht fürs Geld. Die meisten Studenten, die Nebenjobs hatten, verdienten damit mehr als das Lehrpersonal.

Manchmal nahm ich zu den Vorlesungen Johanna mit. Ich hatte ihr alles Mögliche über das Institut berichtet. In manchen Phasen sahen wir uns täglich, dann meldete sie sich wochenlang überhaupt nicht bei mir. Auch meine freie Zeit war eng bemessen. Neben dem Studium kümmerte ich mich um meine Mutter. Ich ging mit ihr zum Arzt, kaufte für sie ein, putzte und kochte. Alleine schaffte sie fast gar nichts mehr.

Um uns zu ernähren, verdiente ich mir etwas mit Praktika bei verschiedenen Chatforen dazu. Eine Agentur buchte mich. Sie zahlten nicht nach Stunden, sondern nach der Anzahl von Likes. Ich warb auch Johanna an. Wir durften von zu Hause aus arbeiten, was mir bei meinem Übergewicht entgegenkam und Johanna auch. Jetzt hatte ich einen Vorwand, mehr Zeit mit ihr zu verbringen.

Vormittags schrieben Johanna und ich bis zu achtzig Diskussionsbeiträge. Wir arbeiteten für Kunden aus der Werbebranche. Parteien gingen wir aus dem Weg. Wir mochten die übertrieben engagierten Christen oder Liberalen nicht, die für ein paar Kröten auf plumpeste Art und Weise ihre Brötchengeber priesen.

Wir sondierten das Terrain und bereiteten uns auf die Ausführung unseres Plans vor. Hauptsächlich machten wir Reklame für verschiedene Produkte und Persönlichkeiten in den sozialen Netzwerken. Wir meldeten uns zu gesponserten Veranstaltungen an, schleusten uns in geschlossene Gruppen ein und verbreiteten *good vibes* für Menschen, die Follower brauchten. Eine schlecht bezahlte Schinderei mit mäßigem Effekt.

Die User waren faul geworden, jeden Click hätten sie sich am liebsten mit Gold aufwiegen lassen. Alles musste in hoher Qualität sein, kostenlos, werbefrei und auf der Stelle verfügbar. Sie waren misstrauisch gegenüber allem. Vergeblich bemühten Johanna und ich uns, wir schrieben und kommentierten, blieben aber verdächtig und fremd. Rasch hatten sie uns durchschaut. Im Nu hatten sie begriffen, dass wir nicht ihre echten Freunde waren, und schickten uns zum Teufel. Was wir verdienten, reichte nicht mal für die Butter aufs Brot.

Monate vergingen. Ich war mir sicher, aus dem Netz und aus der Sprache mehr zutage fördern zu können, und hielt Ausschau nach Veränderung. Auf jeden freien Internetposten meldeten sich hundert arbeitslose Geisteswissenschaftler.

Im letzten Studienjahr pausierte ich mit meinem Job. Ich machte mich ans Verfassen meiner Abschlussarbeit. Für längere Zeit kappte ich alle Leitungen. Das lohnte sich. Mein Studium beendete ich mit Auszeichnung für meine Studie über den jungen Platonow. Zur Diplomverleihung kamen lediglich meine Mutter, Johanna und ihre Eltern.

⚡

Regelmäßig stellte ich Nachforschungen zu meinem Bruder an. Das Internet bot viele Möglichkeiten, um verlorengegangene Personen wiederzufinden. Nach und nach probierte ich alle aus. Forschte nach Namen, alten Fotos, letzten bekannten Adressen, ehemaligen Freunden, Bibliotheks-Datenbanken und auch beim Roten Kreuz. Nichts. Keine Spur.

Nach dem Studienabschluss ging ich auf Jobsuche. Ich verfolgte Stellenangebote, verschickte Lebensläufe. Ich brauchte dringend Geld. Kúkav war teuer geworden. Meine Einkünfte würden mich und auch meine Mutter ernähren müssen.

Mir fiel eine Anzeige ins Auge, eine große Gesellschaft aus dem Reich suchte einen Netzredakteur. Sie versprachen eine Vergütung deutlich über dem Standard. Ich witterte eine Gelegenheit. Mein Russisch hatte sich mehrfach als Bonus erwiesen, denn immer weniger Leute beherrschen es.

Johanna und ich füllten die Online-Formulare aus und sofort kam eine automatische Antwort. Sie bedankten sich und versprachen, dass sie sich melden würden. Gewiss doch.

Am nächsten Tag hörte ich zum ersten Mal die Stimme von Valys. Ich wusste nicht, woher er meine Handynummer hatte. Er wollte wissen, ob wir zwei uns ernsthaft für eine angeblich etwas ungewöhnliche, aber gut bezahlte Arbeit im Bereich Internet-PR interessierten.

Wir wechselten ein paar Höflichkeitsfloskeln. Offensichtlich testete er meine Sprachkenntnisse. Er machte mir ein Kompliment für mein Russisch. Ich bedankte mich. Er fragte nach Johanna, also lobte ich sie über den grünen Klee. Den Job würden wir nur gemeinsam annehmen. Es überraschte ihn, dass ich darauf beharrte.

Er fragte nach meinem Verhältnis zur Politik. Ihn interessierte, was ich von den Ereignissen in der Ukraine, in Litauen und in Ungarn hielt. Ich spürte, dass das ein sensibles Thema war, und blieb auf der Hut. Eine eindeutige Position ließ ich nicht erkennen.

Valys ermunterte mich, in aller Offenheit zu sprechen. Ich räumte ein, dass mich die neuesten Entwicklungen überraschten und beunruhigten. Er antwortete, dass er keinen Unterschied zwischen dem Reich als Idee und dem Reich in seinen tatsächlichen Grenzen mache. Die Briten hätten sich einst Kanada, Indien und halb Afrika einverleibt. Die Franzosen die andere Hälfte von Afrika und Indochina. Imperien entstünden übers Meer. Das Reich breite sich nach wie vor übers Festland aus und müsse auch in Zukunft weiter wachsen. Seine Gedanken empörten mich, aber ich biss die Zähne zusammen.

Er fragte nach unseren IT-Kenntnissen. Ich hatte den Eindruck, dass ihn mehr als ideologische Fragen unsere technischen Fertigkeiten interessierten. Ich erklärte ihm, dass Johanna und ich ein untrennbares Duo seien und gemeinsam arbeiten würden. Mein Gebiet seien Contents, ihres eher technische Lösungen. Johanna beherrsche die Grundlagen von CMS und die Arbeit mit Photoshop. Ich wiederum könne nicht nur ausgezeichnet Russisch, sondern auch Englisch. Johanna stellte ich als Meisterin der Forenverwaltung und des Kommentierens dar. Valys gefiel, dass wir in den kommerziellen Chats Praxiserfahrungen gesammelt hatten.

Wir vereinbarten ein persönliches Treffen.

※

Zu Hause googelten wir ihn. Leute mit dem Namen Valys gab es Dutzende, aber einer stach heraus. Wir konnten uns aus den verschiedenen Versionen seiner Geschichte eine aussuchen. In seinem relativ kurzen Leben hatte er schon viel zuwege gebracht. Im Netz waren Spekulationen über ihn im Umlauf. Als junger Mann hatte er sich angeblich für Okkultismus und Faschismus interessiert, eine Zeit lang ließ er sich sogar als Führer titulieren. Offensichtlich faszinierten ihn Verschwörungen. Ein neuzeitlicher Alexander Dugin. Angefangen hatte er als rechte Hand eines einflussreichen Oligarchen. Er hatte sich in einen Machtkampf zwischen Geheimdiensten verstrickt, der mit einem Skandal geendet hatte. Nach den Enthüllungen waren Köpfe gerollt. Er war Gründer der gefürchteten *Prague Trolling Factory*. Der *Rechte Sektor* vergötterte ihn. Sie verglichen ihn mit Wjatscheslaw Wolodin, der vor Jahren die erste massive Hate-Posting-Kampagne ausgelöst hatte, als Reaktion auf eine Welle von Bürgerprotesten und einen angedrohten Generalstreik.

Vor Kurzem hatte Valys in seinem Team zwei Spione

enttarnt. Die Betreffenden hatten nicht viel herausfinden können, denn sie wurden schon am zweiten Tag entdeckt und von einer Netzschikane überrollt. Das sollte uns eine Warnung sein.

Über die Trolle im Reich kursierten Legenden. Sie seien keine toten Seelen, sondern vollwertige Autoren mit authentischen Geschichten. Eine Internetarmee, die bereit war, jederzeit anzugreifen.

Wir schienen auf der richtigen Spur zu sein.

※

Johanna hatte sich für das Gespräch so aufgedonnert, dass ich sie kaum wiedererkannte. Die schwarze Lederhose, die ihre schlanken Beine umspannte, machte sie größer. Ihren Pony hatte sie sich glatt in die Stirn gekämmt, der rechtwinklige Schnitt über den Augenbrauen betonte den Manga-Stil ihres Erscheinungsbildes. Ihre schmalen Schultern waren von einer weißen Seidenbluse bedeckt, darüber hatte sie eine dicke Daunenjacke gezogen. Die halblangen glänzenden Haare hatte sie am Hinterkopf mit Spangen hochgesteckt, sodass sie in alle Richtungen aufragten.

Wir machten uns auf zum Areal einer ehemaligen Chemiefabrik. Draußen tobten Wind und Regen. Um uns herum breite Straßen mit Ziegelhäusern, die eilig für die Fabrikarbeiter hingeklotzt worden waren, mit niedrigen Veranden und Schornsteinen.

Ein tschechischer Oligarch hatte geplant, auf dem verlassenen Gelände ein Luxusviertel zu errichten, aber er war Präsident geworden und das Projekt in Vergessenheit geraten. In den kaputten und verlassenen Gebäuden der bankrottgegangenen Fabrik hatten vor allem Punk- und Metal-Bands Zuflucht gefunden. Sie probten in den ehemaligen Versuchslaboren und den Arbeiterumkleideräumen.

An der Pforte wurden wir von Wachleuten gefilzt. Sie scannten unsere Papiere, fotografierten unsere Augen. Zwei trugen MPs über der Schulter. Als würden wir eine Grenze zur Festung Europa überqueren.

Sie schickten uns geradeaus und nach rechts zu einem nicht gekennzeichneten Gebäude. Eine Strecke von einem halben Kilometer. In derselben Richtung waren überraschend viele Leute unterwegs, einige auf Fahrrädern. Es war kurz vor acht Uhr am Morgen und aus der Ferne hörte man ein arrhythmisches Trommeln. Offensichtlich hatte jemand bei einer Afterparty den Absprung verpasst. Am Zugang zum Gebäude erneut Wachschutz. Fremde wie wir wurden aufgefordert, unsere Papiere nochmals vorzulegen.

Ich hatte gelesen, dass fast achtzig Prozent des ersten Eindrucks bei einem Bewerbungsgespräch von Faktoren wie Körpersprache, Kleidung, äußerem Erscheinungsbild, Mundgeruch und Achselschweiß beeinflusst würden.

Ich litt an schwitzenden Händen, also hatte ich mir zu Hause ein Stück hautfarbene Kreide in die Hosentasche gesteckt, damit ich zur Begrüßung eine trockene Hand reichen konnte.

Valys stellte sich vor und begrüßte uns. Mir gelang

ein fester Händedruck. Ich hielt die empfohlene Umfassungszeit der Hand von drei Sekunden ein und schaute ihm voll Entschlossenheit direkt in die Augen.

Die Einleitung war geschafft. Beide referierten wir im Büro stichpunktartig unsere Lebensläufe und äußerten aufrichtiges Interesse an der Position.

»Entschuldigt das umständliche Prozedere am Eingang«, sagte Valys. »Aber wir hatten in den letzten Monaten Probleme mit den Gutmenschen. Drei solche Zecken haben es geschafft, sich hier einzuschleusen, und sie haben geschmacklose Reportagen voller Lügen über unsere Arbeit publiziert. Wahrscheinlich habt ihr das mitbekommen ...«

Nein, versicherten wir. Die Tagespresse würden wir nicht lesen. Wir seien doch keine Schafe.

»Recht so.« Das fand er gut. »Solche Leute brauchen wir. Die drei finden nicht so schnell wieder eine Arbeit. Sie werden nie wieder ihren Namen googeln wollen.« Er lachte los. Wir stimmten ein.

»Wo seht ihr euch in fünf Jahren?«

»Auf Ihrem Platz«, antwortete Johanna schnippisch, und Valys musste lächeln.

»Das wird schwierig. Einen neuen Chef suchen wir nicht. Habt ihr allgemein den Überblick?«

»Sicher doch. Wir sind beide leidenschaftliche Leser. Wir lassen uns nicht so leicht beeinflussen.«

»Gut so. Lasst euch von niemandem beherrschen. Die detaillierte Zeitungslektüre übernehmen wir für euch, sodass euch nichts Wichtiges entgeht«, fügte er hinzu.

Valys hätte gut und gerne Mitglied einer der Bands

auf dem Areal sein können. Er trug ein weißes Hemd und eine Lederjacke und erinnerte an eine Kreuzung aus dem jungen David Bowie und einem NKWD-Kommissar. Hochgewachsen und schlank. Fleischige Wangen und große mächtige Zähne. Die leicht aufgedunsene Haut war weder rosa noch gebräunt noch ausgesprochen blass, sondern von unbestimmter Farbe. Die Augen wirkten undurchdringlich, sie betrachteten die Welt wie lauernde Raubtiere. Sein Charme beruhte auf seiner irreführenden Schlaksigkeit. Er trug Schuhe mit dicker Ledersohle. Am Handgelenk glänzte eine Pilotenuhr.

Zu seinen Füßen lagen drei Wachhunde. Kaum hatten sie uns wahrgenommen, sprangen sie wild herum und versuchten, uns zu attackieren, nur ihre Ketten hinderten sie daran. Das ruckartige Zerren machte die Bestien nur noch verrückter.

Unauffällig ließ ich meinen Blick durch die Räumlichkeiten schweifen. Ein altes Büro mit einem Fitnessbereich in einer Ecke. Die Sanierung dieses Raums hatte sich auf den Einbau von Plastikfenstern beschränkt. Kantige Möbel, Mendelejews Periodensystem der Elemente (»Siehst du, ein Russe!« – er erwähnte allerdings nicht, dass sie ihn an der Moskauer Universität rausgeschmissen hatten und er seinen einzigen Preis in London bekommen hat) sowie Zeitschriftenfotos von nackten Frauen auf Traktoren. Auf dem Schreibtisch ein dünnes Tablet. An der Wand prangte ein Porträt von Fürst Igor, einem tätowierten Gangsta-Rapper in Tarnklamotten.

»Warum bewerbt ihr euch um einen Job bei uns?«

»Wir sind ein perfekt aufeinander abgestimmtes Team. Wir kennen das Internet wie unsere Westentasche. Wir sind motiviert, wir wollen endlich was leisten«, erläuterte Johanna. Es war abgemacht, dass sie die Wortführerin spielte.

»Was wisst ihr denn bereits über die Zentrale?«

»Alles, was Google weiß.«

»Lass ihn auch mal zu Wort kommen«, sagte Valys. »Warum glaubst du, dass ich dich einstellen sollte?«

Er duzte mich, wohingegen ich ihn natürlich weiter siezen würde.

»Ich liebe die Kultur des Reichs. Vor allem die Filme und Bücher. Sie haben mir das Leben gerettet«, antwortete ich.

»Gut. Das sehe ich genauso. Das Reich hat Europa mehrmals gerettet. Könnt ihr Aufgaben delegieren?«

»Wir sind gut eingespielt und ergänzen uns. Wir kommentieren, was nötig ist und wie es nötig ist«, sagte Johanna.

»Das werden wir sehen. Der Westen verbreitet falsche Informationen. Im Reich darf alles gesagt und geschrieben werden. Was sagst du dazu?«, fragte Valys wieder an mich gewandt.

»Ich gratuliere. Wenn das bloß überall gelten würde.«

»Wir gehören zur Subkultur, wir lassen uns nicht zensieren. Habt ihr keine Angst?«

»Die sollen lieber Angst vor uns haben.«

»Wer ist deiner Meinung nach schlimmer, die Rechte oder die Linke?«

Vier Sekunden holte ich Luft für meine Antwort. Vergeblich bemühte ich mich dahinterzukommen, auf was er mit der Frage abzielte.

»Beide sind schlimmer«, kam mir Johanna zuvor.

»Du hast recht. Früher hat der Sieger Geschichte geschrieben. Heute schreibt die Geschichte derjenige, der siegen will.«

Valys kam ins Plaudern. Das Reich und der Westen hätten nach dem Hybridkrieg ihre Rollen getauscht. Das Reich stellte die Redefreiheit dar und die arroganten USA unterdrückten die Menschenrechte. Man könnte schwerlich etwas gegen die staatliche Kontrolle des Internets im Reich, in China oder im Iran einwenden, während die amerikanische Regierung noch restriktiver vorginge.

Seine Erbitterung wurde immer größer. Er schlug sogar mit der Faust gegen die Fensterscheibe. Während des Gesprächs schaute mehrmals sein persönlicher Bodyguard herein. Ich schwitzte. Zwar hatte ich ein starkes Deo benutzt, aber das versagte langsam.

»Das Reich beabsichtigt nicht mehr, mit dem Westen militärisch zu konkurrieren. Wir suchen innovative Wege und Richtungen«, argumentierte er. »Früher sagte man, dass ein Land, in dem es McDonald's gibt, nicht in den Krieg zieht gegen ein anderes Land, in dem es auch McDonald's gibt. Das gilt nicht mehr. Im Reich gibt es über vierhundert McDonald's-Filialen, und wir haben schon ein Land angegriffen, das siebzig hatte. Wir werden auch eins mit siebenhundert ins Visier nehmen, falls es uns provoziert.«

Ich hatte keine Ahnung, wie viele Fast-Food-Läden in Kúkav schon eröffnet hatten. Aber ich sah aus wie ein Stammgast.

»Die Politiker versuchen, uns Themen aufs Auge zu drücken, die in Wirklichkeit gar nicht so wichtig sind«, unterbrach ich ihn.

»Alles ist wichtig. Viele Länder haben sich von ihren Wurzeln und Werten entfernt. Sie stellen eine kinderreiche Familie auf eine Stufe mit einer Lebenspartnerschaft von Personen gleichen Geschlechts. Den Glauben an Gott mit dem Glauben an den Satan.«

Valys klang, als gehöre er zu einer durchgeknallten Sekte. Er rauchte eine nach der anderen. Ich bekam schlecht Luft. Er sprach von den notleidenden osteuropäischen Gesellschaften, den niedrigen Gehältern von Lehrern und Krankenschwestern, den ökonomischen Problemen, der Korruption und der Frustration der Bürger.

»Wer unter den Bedingungen der Sklaverei lebt, hat die Mentalität eines Sklaven! Zum Glück ist unsere Organisation frei und ewig«, rief er aus.

Sollte das hier etwa eine Kirche sein? Nach dem Krieg waren viele aus dem Boden gewachsen, eine verschrobener als die andere. In mir nagte ein Verdacht.

»Entschuldigung, aber hängt die Arbeit hier mit irgendeinem Glauben zusammen? Denn wir sind beide Athe...«

»Mit allem. Mit Politik, Religion, Kultur. Ich kümmere mich um Ideologie und Medien. Ich war überall erfolgreich, wo ich tätig war. Ansonsten wäre ich längst nicht mehr hier. Mir ist egal, ob ich in einem Zwergstaat oder einer Weltmacht agiere. Als Kind habe ich die Oligarchie erlebt, den Kapitalismus, an den meine Eltern nie geglaubt haben, obwohl sie ihr ganzes Leben für ihn gearbeitet haben. Dann den ökonomischen Zusammenbruch, den Mafia-Staat und den Hybridkrieg. Ich habe begriffen, dass die PR über alles entscheidet. Leider drängt uns die Zeit. Mich erwarten noch neun Kandidaten. Verratet mir etwas über euer Leben außerhalb des Arbeitsplatzes.«

»Haben wir eins?«, fragte Johanna.

Valys musste lachen.

»Wir suchen Langstreckenläufer, die sich ihre Kraft einzuteilen wissen. Keine Schwächlinge mit einer Lebensdauer von drei Wochen. Ich will auch keine Improvisationstalente, die dann unter Druck den Überblick verlieren.«

Ich hatte das Gefühl, dass er während des Gesprächs in mir las wie in einem offenen Buch. Ahnte er etwas? Er kennt sich einfach aus mit Interviewtechniken, redete ich mir gut zu. Sonst nichts.

»Du gefällst mir ganz gut, aber er nicht.« Valys zeigte auf mich. Er betrachtete mich wie ein Insekt und überlegte anscheinend, ob er mich in seine Sammlung einreihen oder lieber zu Brei schlagen sollte.

»Wenn Sie uns nicht beide einstellen, sind sie ein Idiot«, sagte Johanna. »Wenn Sie ihn nicht nehmen, verlieren sie auch mich.«

Ich kapierte nicht, woher Johanna ihren Mut und das unerschütterliche Selbstvertrauen nahm.

Halte durch, sagte ich mir. Motiviert, lösungsorientiert, visionär, wie oft auf Beratungsseiten zu lesen war ...

Ich setzte mein einstudiertes Lächeln auf.

»Haben Sie unsere Kommentare gelesen?«, fragte ich.

»Klar doch«, bellte er zurück. »Die haben mir gefallen. Ihr habt Talent. Nur hat was Wesentliches gefehlt. Zum Beispiel habt ihr über Kaffeemaschinen geschrieben«, präzisierte er und nannte die korrekte Marke. »Hier gehen wir ähnlich vor, nur ist die Kaffeemaschine stärker. Früher habt ihr in einem Raum einen Lufthauch verursacht. Jetzt habt ihr die Chance, einen Hurrikan zu entfesseln.«

»Weisen Sie uns ein?«

»Sicher. Ihr müsst hart an euch arbeiten. Das Individuum ist kein Problem. Wir unterweisen Massen.«

Ich wusste nicht, ob er uns für dumm verkaufte. Noch kannte ich ihn nicht.

»Was für Musik aus dem Reich hört ihr gern?« Themawechsel.

»Alla Pugatschowa und die Gruppe Kino«, antwortete Johanna schnippisch.

»Schostakowitsch?« Ich versuchte es mit Lisawetas Liebling. Ich hoffte, dass Valys sich nicht nach Details erkundigen würde.

»Der Herr Komponist! Aber ich meinte aktuelle Musik. Kennst du Katjuschin?«

Auf seinem Tablet schaltete er eine Hip-Hop-Nummer an, seine Anlage war brutal laut. Der Subwoofer dröhnte, dass mein Zwerchfell vibrierte. Die Texte voll extremer Vulgarismen kannte er auswendig, die Refrains rappte er mit und wiegte sich leicht im Rhythmus.

Ich nickte nur unbestimmt. Endlich drehte er die Musik ab. In meinen Ohren blieb ein Pfeifen zurück. Ich hatte weder Lust, Musik zu hören, noch seinen Wahnvorstellungen zu lauschen. Langsam begriff ich, was für eine Herausforderung unser Plan darstellte.

Ich fragte nach dem Geld. Augenblicklich wurde er ernst. Bei einer höheren Mission stünden die Finanzen nicht an erster Stelle. Aber er räumte ein, dass sie ein wichtiger Faktor waren. Er bot uns das Dreifache der Summe, die ich mir so vorgestellt hatte. Dazu erwähnte er die Möglichkeit einer raschen Erhöhung, falls wir uns bewähren sollten. Eine Home-Office-Tätigkeit lehnte er ab.

»Hier wird im Kollektiv gearbeitet«, sagte er energisch.

Einen Moment lag eine Stille zwischen uns, in der sich etwas Undefinierbares abspielte. Es kam mir fast unmöglich vor, in seine schwarzen Augen zu schauen und dabei zu lügen.

»Ich versuch's mit euch. Und hoffe, dass ihr euch beide für die Arbeit eignet. Ich muss mein Team vergrößern und die Qualität verbessern. In der Probezeit werde ich euch auf den Zahn fühlen. Willkommen in der Zentrale. Ab jetzt gehört ihr dazu.« Er gab uns die Hand.

Wir studierten die Unterlagen. Die Verschwiegenheitsvereinbarung nahm drei Seiten ein. Unser Posten hieß Junior Content Operator. Eine Assistentin brachte zwei Vertragskopien, die wir unterschrieben.

Noch hatte ich keine Ahnung, wie diese Entscheidung mein Leben beeinflussen würde.

Wir verließen das Gebäude. Der morgendliche Hochbetrieb war vorbei. Wir gingen in Richtung Pforte. Der Winter ließ die Umgebung verlassen erscheinen. Die Wolken hingen tief bis auf die Erde, sodass sie mit ihr verschmolzen, und der Horizont reichte bis in die Vorstädte.

Johanna ging nach Hause. Ich zu meiner Mutter.

Zum ersten Mal Angestellter. Teil eines Kollektivs. In meinem Kopf hallten Johannas Abschiedsworte nach: »Darauf haben wir gewartet!«

*

»Politik zu machen, ist nicht so einfach, wie Kohlsuppe zu schlürfen.«
JEGOR LIGATSCHOW,
MITGLIED DES POLITBÜROS DER KPDSU

Am darauffolgenden Montagmorgen machten wir uns in einer überfüllten, rumpelnden Straßenbahn auf den Weg in die Fabrik. Aus den Monitoren tönte Reklame. Die meisten Leute stiegen mit uns aus. Sie überholten mich und machten große Augen, weil ich mich so mühsam dahinschleppte. Johanna drängelte schon.

Am Tor bekamen wir Chipkarten, wie sie alle Angestellten hatten, aber die Sicherheitskontrolle mussten wir dennoch absolvieren. Ein paar rückversichernde Worte, und wir durften die Zentrale betreten.

Der Chef stellte uns dem Team vor. In dem Raum arbeiteten ungefähr achtzig Personen. Überraschenderweise mehr Frauen als Männer. Die einzelnen Gruppen hatten spartanisch eingerichtete Kojen in Beschlag genommen.

Wir tauchten ein ins hektische Treiben. Der Große Trolling-Saal erinnerte an eine Zeitungsredaktion. Aus jeder Ecke waren Überwachungskameras auf die Mitarbeiter gerichtet. Kabel, die wie Spagetti durcheinanderhingen, an die Wandtafel gepinnte Diagramme. Zerkratzte Tastaturen. Eine Klimaanlage unter der Decke. Graue Spinde für die persönlichen Sachen.

Ganz vorn liefen auf zwei großen Plasmabildschirmen die Nachrichten des Reichsfernsehens. Links davon flackerten die sozialen Netzwerke auf Monitoren. Zwei Kojen waren von der Abteilung Presseanalyse belegt. Einen eigenen Bereich hatten auch die Esoteriker bekommen.

Für einen Augenblick wurden wir zum Mittelpunkt des Interesses. Unsere neuen Kollegen musterten uns. Einige lächelten verschwörerisch, andere grüßten wortlos. Ein paar starrten auf ihre Monitore, in einer Art Trance versunken. Offensichtlich hatte keiner Zeit zu verschenken.

Ich versuchte, Ruhe zu bewahren. Nickte zurück und lächelte matt. Als ich Lisaweta erblickte, erstarrte ich. Bei unserem Anblick riss sie die Augen auf. Ihre Runzeln waren tiefer geworden, aber sonst hatte sie sich nicht verändert. Wegen ihres Alters stach sie deutlich heraus, aber das störte sie nicht. Das Krankenhaus war privatisiert worden, deshalb verdiente sie sich hier etwas dazu. Ihr Russisch kam ihr gelegen. Sie übersetzte Pressemitteilungen und Instruktionen aus dem Reich, außerdem korrigierte sie verkehrt herum: Sie ergänzte Kommentare um Tippfehler.

Valys gab uns Neulingen zwei Wochen für die Einweisung. Er zeigte uns den Arbeitsplatz mit unseren Rechnern.

»Eure Handys!« Er streckte die Hand aus.

»Wie bitte?«

»Ihr kriegt sie jeweils bei Dienstschluss zurück.«

Wir gaben unsere Smartphones ab.

»Ich teile euch dem besten Mann zu. Versucht, so viel aufzuschnappen wie möglich.«

Zu unserem Einweiser und direkten Vorgesetzten hatte er Askold bestimmt. Den Namen kannte ich, über ihn kursierten Legenden. Angeblich der beste Troll seiner Ära, ein Veteran der Zentrale. Er soll bis zu zweihundert Profile verwaltet haben.

»Seid gegrüßt! Stellt ruhig Fragen zu allem«, verkündete Askold.

Er strahlte Autorität und Disziplin aus. Wir sahen zu, wie er arbeitete, und lernten von ihm. Ein paar seiner Sätze tippte ich auf meinem Tablet mit.

Wenn du einen großen Hammer hast, sieht jedes Problem aus wie ein Nagel.

Was sich nicht mit Kraft lösen lässt, löst man mit noch größerer Kraft.

In Sachen Internetmaloche hatte ich mir schon früher eine gewisse Praxis angeeignet, deshalb dachte ich mir, bei diesem Job leichtes Spiel zu haben. Schnelles Geld.

Askold kommentierte seine Vorgehensweise beim Arbeiten bereitwillig, um uns in alle Details einzuweihen. Die wichtigsten Eigenschaften eines Trolls waren für ihn geistige Wachheit, intuitives Urteil, Schonungslosigkeit, Geduld und dazu die Fähigkeit, einen kühlen Kopf zu bewahren sowie den Gegner einzuschätzen und sich in ihn hineinzuversetzen.

Sein trainierter Körper verfügte über keine großen Muskeln, war aber von einer sehnigen Kraft, die sich diskret an Hals und Genick sowie an seiner Körperhaltung zeigte. Die Augen verrieten eine demutsvolle Wachsamkeit und Zahmheit, der fest geschlossene Mund wiederum einen starken Willen.

Dank seiner Arbeit war er existenziell abgesichert. Jahrelang hatte er gegen Geld Bachelor- und Masterarbeiten geschrieben, aber jetzt verdiente er das Fünffache und musste nicht mehr um jedes Honorar kämpfen oder drohen, den Betrüger anonym bei der Fakultät oder dem Dekanat anzuzeigen.

Neben dem Trolling war es seine Aufgabe, Beiträge strategisch zu löschen, in der Regel ein Fünftel des ganzen Chatforums, aber meist so, dass der Effekt nicht im gesamten Thread durchschlug.

Morgens um acht bestimmte Valys anhand der aktuellen Entwicklung das Thema des Tages.

Der Donbass ist das Stalingrad von heute!

oder

Die G7-Gruppe ist Vergangenheit. Die tatsächliche Macht stellen heute das Reich und China dar. Macht's gut, widerliches Deutschland, heuchlerisches England und militante USA!
Israel hat einen Genozid verbrochen – schweigen wir nicht!

Die IP-Adressen wurden gründlich chiffriert. Gegen neun brach die geschäftigste Stunde im vormittäglichen Internet an. Entscheidend war die Geschwindigkeit. Auf den bedeutendsten Websites und in den sozialen Netzen machten sich die Trolle an die Arbeit. Ein weiterer Schlüsselfaktor war auch unsere große Zahl.

Jetzt oder nie. Aus dem Nichts auftauchen, eingreifen, schockieren, Zwietracht säen, den Feind verwirren, mit Desinformation überfluten, Chaos verbreiten ... Vor allem bei sensiblen Themen wurde die Debatte gestört oder aufgemischt, ehe sie sich in eine unerwünschte Richtung entwickeln konnte.

Valys hielt sich zugute, wie viele große Tageszeitungen durch das Wirken der Zentrale bereits ihre Kommentarfunktionen abgeschafft hatten. Allerdings war das ein zweischneidiges Schwert, denn so büßte er Foren für seine Attacken ein und musste unablässig neue finden.

»Kommentare müssen authentisch und vertrauenswürdig wirken«, erklärte Askold. »Jedes Profil schafft die Illusion einer tatsächlichen Person. Keine infantile Schlammschlacht unter jedem Artikel über das Reich im *Guardian!* Wir klauen keine Fotos aus amerikanischen Uni-Jahrbüchern oder von polnischen Dating-Seiten. Wir publizieren nichts ohne Profilbild. Ehe eine neue Figur die erste Nachricht posten darf, hat sie eine sechs Monate zurückreichende History, überprüfbare Follower, funktionierende familiäre Bindungen und ausreichend vertrauenswürdige Statusmeldungen.«

»Wie behältst du die Orientierung über die ganzen Personen?«

»Manche bauen sich eine Excel-Tabelle, ein anderer braucht eine altmodische Liste«, sagte Askold. Er zeigte uns ein dickes Heft voll mit Namen, Fotos und Fakten.

»Unsere Opponenten rufen schon seit Jahren zum Ignorieren von Diskussionsbeiträgen auf, insbesondere von anonymen. Sie empfehlen den Leuten, Kommentare gar nicht zu lesen. Auch du hörst doch im realen Leben nicht auf jemanden, der Pokemon87 heißt. Mit jeder neuen Kreatur spiele ich eine Rolle wie im Theater, ich kenne sie auswendig wie ein Schauspieler. Zwei, die ich gestern zu Todfeinden zerstritten habe, können nicht auf einmal befreundet sein. Wer patzt, fliegt raus«, erklärte er.

»Wissen sie bei dir zu Hause, was du machst?«, erkundigte sich Johanna.

»In der Kneipe sagt ihr, dass ihr Computerspiele programmiert.«

Jeder Troll kümmerte sich um ein bestimmtes Gebiet, die guten auch um mehrere. Als ich mir die ersten

Instruktionen anhörte, konnte ich meine Skepsis nicht verheimlichen. In einem Staat, den im Lauf eines halben Jahrhunderts zwei Millionen Menschen verlassen haben, Widerwillen gegen Migranten schüren? Nach dem Hybridkrieg die Armee des Reichs preisen?

Weder Askold noch Valys störte es, dass ich offen sprach. Sie ermunterten auch Johanna dazu. Schon bald würde ich merken, dass meine Befürchtungen unbegründet waren.

※

Die ersten Tage verbrachten Johanna und ich vor allem mit Beobachten. Dann schufen auch wir allmählich unsere ersten Profile und Identitäten.

Das Tageslimit von hundertzwanzig Kommentaren erfüllte Askold spielend leicht. Für das Erstellen von Blogs brauchte er länger. Ich sah zu, wie seine Finger über die Tastatur huschten. Nie drückte er den Menschen einfach eine Version seiner Geschichte aufs Auge, sondern verwischte geschickt die Grenze zwischen Wahrheit und Lüge. Er suggerierte, dass es die Wahrheit entweder nicht gab oder dass sie nicht so wichtig oder gar wertvoller als eine Lüge war.

Bei anderen Gelegenheiten schob er die Debatte sachlich an, unterlegte seine Ansichten sogar mit fachlichen Argumenten, wobei die nicht besonders kompliziert oder originell waren. Doch schon bald reizte er die Diskutanten, er provozierte, machte sich lustig und agierte mit offenen Beleidigungen. Die nächste Kommentarwelle bestand dann aus verächtlichen und triumphierenden Hate-Postings. Die Diskussion war vorbei. Das Massaker begann.

Wie angenagelt saß ich vor meinem Rechner. Ich bemühte mich, es Askold gleichzutun. Ich schuf überzeugende und vollwertige Personen. Eine Herausforderung war es, den Überblick über diese fiktiven Gestalten zu bewahren. Ein paar Dutzend alte Fake-Figuren konnte ich vergessen. Ihre Vergangenheit war zu leicht nachvollziehbar und den Storys fehlte es an Glaubwürdigkeit. Obwohl ich seit jeher so anonym wie möglich im Netz gesurft war, hatte ich zahlreiche Spuren hinterlassen.

Askold attackierte vor allem die USA, Israel und ihre Anhänger, aber auch Litauen oder Österreich gehörten regelmäßig zum Kreis seiner Opfer. Die kompliziertesten Probleme der Welt löste er mit drei Sätzen. Schon einen vierten empfand er als zu lang. Die Fakten überprüfte nur ein Bruchteil der Leser.

Abends wurden unsere Rechner von Technikern genauestens untersucht. Wachschützer und speziell geschulte IT-Experten hatten ihr Augenmerk auf Lecks gerichtet, durch die verdächtige Inhalte entweichen könnten. Nichts durfte nach draußen gelangen. Valys' Misstrauen grenzte an Paranoia. In der Zentrale herrschte ein Klima der Unruhe und Nervosität.

*

Valys hatte fast jedem etwas zu bieten. Linksradikale lullte er mit Märchen über den Kampf gegen den Kapitalismus und die USA ein. Die Sympathien der Konservativen gewann er durch seinen Widerwillen gegen Lesben und Schwule. Nationalisten imponierte sein Patriotismus. Sozial Schwachen versprach er Sicherheiten und staatliche Unterstützung. Unzufriedenen und Frustrierten gefiel, dass er Politiker als korrumpiert und von Konzernen bezahlt darstellte. Die Medien nannte er unglaubwürdig, sie seien Plattformen für Fake-News. Das Reich stellte er als Retter und moralische Autorität dar, als einzigen Staat, der Ordnung ins Chaos bringen könne. Er passte sich dem herrschenden Lokalkolorit an.

Osteuropa schien Johanna und mir für Valys' Absichten wie geschaffen. Seine Einwohner hatten allzu viel an Okkupationen, Deportationen und Gewalt erlebt und sich oft selbst daran beteiligt. In Zeiten der Diktatur hatten sie es verlernt, der Macht zu vertrauen, sie flohen vor Konflikten und vor sich selber.

Auch heute, im freieren System stand Gerechtigkeit nicht auf der Tagesordnung. Die Korruption blühte, die Armut breitete sich immer weiter aus. Bewohner einzelner Staaten hatten Ausländer vertrieben, die Grenzen waren geschlossen. Valys befeuerte die Vorurteile, und Askold machte aus ihnen wahre Monster.

Nicht im Traum konnte ich mir vorstellen, wie man diese gefährliche Entwicklung eindämmen, aufhalten oder gar rückgängig machen sollte. Zuerst musste ich mich detailliert mit der Situation vertraut machen.

Trolle verbrachten drei Viertel ihres Wachzustandes im Netz. Schon nach ein paar Tagen merkten wir, was diese Kraftanstrengung mit uns machte. Das systematische Surfen, die unaufhaltsamen Kaskaden von Statusmeldungen und Neuigkeiten, das unablässige Schreiben von Kommentaren ...

Unsere Blicke flogen über Bilder und Videos. Schon nach ein paar Stunden waren wir wie paralysiert. Wir konnten uns nicht mehr konzentrieren, entscheiden, Prioritäten setzen, Unsinniges aussortieren. Der endlose Strom von Seiten und Links triggerte die Versuchung, jeden Link anzuklicken.

Ein derber Kommentar hatte wesentlichen Einfluss auf die Bewertung eines Artikels und seines Autors. Leser eines negativen Beitrags maßen dem Inhalt eine geringere Qualität zu, ohne Rücksicht auf seinen realen Wert.

»Wacht auf, Freunde! Amerika ist kein Partner, sondern unser ärgster Feind! Es gibt auf der Welt kein heuchlerischeres Land. Hinter dem amerikanischen Lächeln und der ausgestreckten Hand verbergen sich Genozide und das Bemühen, unsere Heimat restlos zu vernichten«, hatte Askold geschrieben.

Anschließend publizierte er den Post in verschiedenen Varianten und Sprachversionen in neunzehn Foren. Einmal gab er sich als Hausfrau aus, dann als Jura-Studentin, anschließend als Sportler. Unablässig schaltete er zwischen seinen Profilen hin und her.

Viele Opponenten spielten ihm ungewollt in die Hände. Wer versuchte, Falschinformationen zu widerlegen, trug nur zur Schaffung weiterer möglicher Szenarien bei und goss Öl ins Feuer. Fake-News in die Welt zu setzen, war viel billiger und der Zeitaufwand ungleichlich geringer, als diese Behauptungen zu dementieren oder durch Beweise richtigzustellen.

In meinem Kopf bohrten Zweifel. Würde ich diesem Ansturm gewachsen sein? Unser Plan ließ uns keine andere Wahl, als auf dem eingeschlagenen Weg weiterzugehen. Inzwischen war ich mir klar darüber, wie anspruchsvoll die Herausforderung war, zu der Johanna und ich uns entschlossen hatten.

※

»Schreiben Sie über alles, aber drucken Sie nur ein Exemplar und schicken es mir.«

ANTWORT VON LEONID BRESCHNEW AUF DIE FRAGE EINES RUSSISCHEN JOURNALISTEN, OB ER ÜBER DEN EINMARSCH DER SOWJETUNION IN DIE ČSSR SCHREIBEN DÜRFE

Wir hatten uns einen präzisen Tagesablauf verordnet. Wir würden rackern müssen, sonst behielten sie uns nicht in der Zentrale. So schnell wie möglich mussten wir uns ins Team integrieren. Noch fehlten uns viele Teile des Mosaiks.

Tagelang waren wir mit Test-Trolling beschäftigt. Am Morgen schrieben wir auf Anweisung, die Migranten hätten Schweden zerrüttet und in Australien sei jetzt der Islam verboten. Um zehn behaupteten wir, NATO-Soldaten hätten an der Grenze zum Reich ein zwölfjähriges Mädchen aus einem Kinderheim vergewaltigt. Über Mittag machten wir einem Blogger das Leben schwer und ramponierten seine Karriere, weil er allzu oft mit Gymnasiasten diskutierte und Einfluss auf sie nahm.

Am Nachmittag streuten wir versuchshalber Desinformationen über das Handeln der Regierung in der Flüchtlingskrise und über Chemiewaffeneinsätze in Syrien. Am frühen Abend publizierten wir in der Rubrik *Was Ihnen anderswo verheimlicht wird* ein verschwommenes Video von drei Afghanen, die einen Polen mit Benzin übergossen und anzündeten. In Wahrheit waren alle vier Männer Bulgaren und das Benzin ganz normales Wasser, und sie zündeten keinen Menschen an, sondern nur ihre Zigaretten. Den Mitschnitt versahen wir mit der Aufschrift ZENSIERT.

Rätselhaftes erklärten wir mit noch Rätselhafterem und erlangten damit eine bemerkenswerte Reichweite. Wir machten erst Schluss, wenn Buchstaben und Bilder vor unseren Augen verschwammen.

Wir lernten konspirative Websites kennen und immer durchgeknalltere Blogger. Inzwischen bewältigten wir auf dem Monitor bis zu fünfzehn gleichzeitig geöffnete Fenster. So viel Hass auf einem Haufen hätten wir uns bis vor Kurzem nicht einmal vorstellen können. Uns wurde regelrecht schwindelig. Nach zwei Wochen gestattete uns Askold endlich eine erste echte Trolling-Aktion.

Ich ging mit größter Vorsicht ans Werk. Noch fehlte mir Praxis, und ich hatte Angst vor Konsequenzen. Ich wollte Valys' Geduld nicht auf die Probe stellen.

Mittlerweile hatte ich mir dreißig professionelle Profile geschaffen. Peter. Martin. Jakob. Damian. Ester. Nina. Martina. Eva. Josef. Keanu. Sarah. Ich wählte das aus, das ich bereits am detailliertesten durchgearbeitet hatte: einen nassforschen BWL-Studenten, zwanzig Jahre alt, aus einem entlegenen Provinznest. Drei Tage bastelte ich gründlich an ihm herum: authentischer Fremdenhass, Fitnesskeller im Reihenhaus, Gewalt verherrlichende Computerspiele, Hardrock-Fan. Ich hatte mir für ihn eine sexy rassistische Freundin ausgedacht, die seinen Namen auf ihrem Schenkel eintätowiert hatte, gleich neben der Zahl 88.

Valys hatte am Morgen das Thema des Tages festgelegt: eine furchtbare Provokation gegen die Roma. Er wollte eine Mehrheit der Bürger für die komplette Abschaffung der Transferleistungen für Bedürftige gewinnen.

Offenbar wollte er uns den Einstieg erleichtern. Vorurteile gröbsten Kalibers funktionierten zuverlässig. Zu dritt machten wir uns an die Arbeit. Einer von uns stellte sich gegen die anderen und spielte den absoluten Hater. Ich legte in dieser Rolle ein knackiges Tempo vor. Stellte mich von Anfang an nicht nur gegen meine beiden Hauptopponenten, sondern gegen das ganze Forum. Unflätig erniedrigte ich in vier Fenstern gleichzeitig alle Diskutanten ohne Unterschied, beschuldigte sie, Trolle zu sein, und griff die Betreiber der Seite an. Über Roma sonderte ich einen hingeschluderten Schwachsinn nach dem anderen ab und behauptete, hieb- und stichfeste Argumente zu haben.

Askold wechselte konzentriert von einem Forum zum nächsten und handelte. Er gab mir an mehreren Fronten gleichzeitig Kontra. Spitzte das Thema bis auf Äußerste zu. In der Rolle des Provokateurs wirkte er überzeugend. Schon in der dritten Antwort kam er mit einem Hitler-Vergleich und errang die gebührende Aufmerksamkeit.

Ich überlegte, ob es mir irgendwann auch gelingen würde, so schnell zu reagieren. Die verbale Aggressivität steigerte sich und packte auch die anderen. Wir hetzten uns gegenseitig auf. Unsere Wut riss die Menge mit, die unsere Debatte verfolgte.

Das war ein kritischer Moment. Ich atmete tief durch. Was, wenn sich hinter irgendeinem der Diskutierenden nur ein Köder verbarg, ein bloß vorgeschobener Widersacher, den mir ein Feind ins Forum geschmissen hatte, der sich am anderen Ende der Welt jetzt irgendwo im Dunkeln totlachte?

Askold bestand darauf, dass ein Troll vorm Verfassen eines Kommentars versuchen müsse, den Menschen auf der anderen Seite zu dechiffrieren. Den Gegner frei von Emotionen zu analysieren.

Ahme ihn nach. Handle präzise wie eine Maschine. Lass dich nicht beirren.

Die Sekunden verflossen. Die aggressivsten und populärsten Kommentare stellte das System automatisch in größerer Schrift dar, weshalb fast alle achtzig Mitarbeiter im Raum sie obligatorisch likten. Aber der hasserfüllte Unfug gefiel offensichtlich auch anderen. Eine besonders widerliche Meinung wurde umgehend vierhundert Mal geteilt.

Wer stritt sich da mit mir und warum? Welche Schwäche verheimlichte der Feind? Worum ging es ihm? Bezahlte ihn jemand, oder schrieb er aus eigenem Willen? Beim Blick auf den Bildschirm weiteten sich meine Pupillen.

War Askold wirklich begeistert, oder ging er routiniert vor? Auf die Roma lud er unglaublichen Dreck ab und setzte seinen Gegenangriff weiter fort.

Ich wusste nicht, worauf ich zuerst reagieren sollte. Ich verlor den Faden, dreimal meldete ich mich verspätet zu Wort. Askold und Johanna walzten mich nieder. Noch war die Rettung möglich, ich musste nur schnell darauf kommen. In meinem Kopf wirbelten die Möglichkeiten herum. Ich fing an, einen Post zu schreiben, aber nach dem dritten Vertippen löschte ich ihn wieder. Dann hackte ich die Sätze doch schnell noch einmal in die Tastatur.

Plötzlich beschuldigte mich jemand in Blockbuchstaben, ein bezahlter Troll zu sein. Diesen dreisten Kommentar löschte ich nicht schnell genug, die meisten Diskutanten hatten ihn schon gesehen. Kaum hatte ich ihn endlich beseitigt, warfen meine Rivalen diese unbequeme Meinung als Screenshot erneut in die Debatte. Und ehe ich mich's versah, war das Forum für mich dicht. Sie hatten mich geblockt.

In höchster Erregung beobachtete ich, wie Johanna

und Askold erfolgreich weitermachten und ihre Hate-Postings verbreiteten. Ratlos starrte ich sie an und analysierte meine Fehler.

In den langen Kommentar-Thread griff ein Admin ein. Per E-Mail machte er das Duo auf den unangemessenen Inhalt aufmerksam. Die beiden fuhren aber ihren Angriff nicht zurück, weswegen er kurze Zeit später dreißig Postings auf einmal löschte, und als das auch nicht half, kriegte er Panik und beendete die Debatte. Ich schloss meine Augen, damit mir nicht schwindelig wurde.

※

Die Monate vergingen in dem Rechteck aus weißem Licht vorm Bildschirm. Die Länge der Tage maß ich an Müdigkeit und Angst. Durch den Kopf gingen mir irrationale Gedanken. Auch Johanna war von der Schinderei erschöpft. Kaum waren wir zu Hause, legte sie sich hin, schloss die Augen, atmete tief durch und wertete unser Vorgehen aus. Sie achtete auf ihre Gesundheit und ihre Regeneration, denn jede Abweichung vom Normalzustand hätte einen Rückfall bedeuten können.

Inzwischen konnten wir uns in der Zentrale gut orientieren. Wir arbeiteten in einem bizarren Panoptikum.

Trolle. Billige und effektive Arbeitskräfte.

Ich schaute mir gern unauffällig ihre Gesichter an, erschöpft und bleich vom Starren auf den Bildschirm. Rabiate Rocker, rachsüchtige Revanchisten, fanatische

Cyberhacker, verkrachte Netzdschihadisten, despotische Veteranen aus dem Hybridkrieg, radikale Nationalisten und zynische Gegner der staatlichen Ordnung.

Der begrenzte geistige Horizont der meisten wurde vom Enthusiasmus verdeckt. Mit der neu errungenen Freiheit wussten sie nichts anzufangen. Kaum jemand von ihnen konnte sich in unserer chaotischen, schnelllebigen Zeit orientieren. Viele versuchten es mit Posen und wechselten hysterisch von einer Ideologie zur nächsten, Hals über Kopf ging es vom Faschismus und Kommunismus über Liberalismus, Nationalismus und Mafia-Staat bis hin zur neuzeitlichen Diktatur.

Die Männer und Frauen redeten über den Informationskrieg, als würden sie sich darauf verlassen, dass er ihnen das garantierte, was sie sich erträumten und woran sie glaubten. Besonders gern kamen sie mit der Phrase, dass es Pflicht und Ehre erforderten, tapfer die Heimat zu verteidigen. Meiner Ansicht nach arbeiteten sie als Trolle, weil sie von der sich wiederholenden täglichen Routine gelangweilt waren. Ein Konflikt riss sie aus ihrem wohlgeordneten Leben heraus. Sie protzten dauernd mit ihrem Mut, aber mir kamen sie feige vor, gelähmt durch die Angst vor dem Leben in einer komplizierten Welt voller Gefahren und Unsicherheit. Sie suchten nach Opferlämmern.

Einige junge Kollegen, vor allem Studenten, pfiffen offensichtlich auf Politik. Sie Betrieben das Trolling wegen des Geldes und spielten Valys und den anderen ihren Enthusiasmus nur vor. Kaum war das Gehalt auf dem Konto, gaben sie sich das ganze Wochenende lang die Kante. Während der Arbeitszeit hieß es dann: Klappe halten, Schritt halten.

Außer Johanna vertraute ich niemandem. In der Zentrale gab es auch durchgeknallte Abenteurer und verdächtige Typen. Trolling war für sie eine aufregende Expedition ins Unbekannte, ein Adrenalinschub, für den man nicht auf einem wilden Fluss raften oder auf Felsen herumklettern musste, sondern nur am Computer zu sitzen brauchte.

Ein paar unserer Kollegen arbeiteten sogar aus Überzeugung! Ähnlich orientierte Blogs publizierten sie unter ihren richtigen Namen und mit echten Fotos. Faschistoide Ex-Journalisten, lokale Extremisten aus patriotischen Bewegungen oder hoffnungslose Kulturarbeiter, lost in reality. Sie standen hinter dem Unsinn, den sie schrieben! Sie glaubten tatsächlich, was wir über das Reich verkündeten. Valys' Projekt weckte in ihnen Begeisterung. Sie waren von der absoluten Unerlässlichkeit ihrer Arbeit überzeugt, die angeblich helfen würde, ein Gleichgewicht in der Welt zu schaffen. Obwohl sie mit eigenen Augen die Folgen sahen, fingen sie nicht an umzudenken.

Ich begegnete auch mehreren Bekannten aus dem Krankenhaus. Frau Betty, deren Herz voller Energie des Universums war. Dem alten Anatoli mit den Händen, die Körper durchleuchten konnten. Onkel Peter, dem Magier, der schmerzende Wunden mit Alufolie bedeckte und Bioströme aufspürte. Von der Zentrale aus verbreiteten sie als Trolle ihre esoterischen Wahnvorstellungen. Einer gab Ratschläge, wie man Multiple

Sklerose mit Basilikum heilen konnte, und hatte einen biotronischen YouTube-Kanal. Der nächste organisierte Online-Kurse in sibirischem Schamanismus. Ein dritter empfahl Anti-Leukämie-Diäten. Nur Martin, der Greis, fehlte. Der Krebsheiler war an einem bösartigen Tumor gestorben.

※

Ein Vollpfosten, den Johanna und ich »unseren Philosophen« nannten, lehnte sogar jede Bezahlung ab! Er war Troll aus Überzeugung, ohne Anspruch auf Vergütung. Er stilisierte sich zum ewigen Rebellen. Den Tag begann er mit einem Bier samt Borovička und einem Joint, und dieser Kombination entsprachen auch seine Arbeitsergebnisse. Halluzinatorisches mixte er mit primitiven Bemerkungen und Verschwörungstheorien auf Stammtischniveau. Manchmal hatte er ein Buch in der Hand, esoterischen Schund oder die Protokolle der Weisen von Zion, deshalb benahmen sie sich in der Zentrale ihm gegenüber absurd ehrfürchtig, als hätte er sonst was auf dem Kasten. Der Einäugige unter den Blinden lebte sich in der Aureole des Allwissenden voll aus.

Sein kahlgeschorener Kopf glänzte wie ein Apfel. Über die Wange zog sich die Narbe einer flachen Schnittwunde. Seine Augen strahlten eine gesunde, agile Vulgarität aus. Wenn er Anfälle von schlechter Laune hatte, konnte er Widerworte nicht ertragen und fing beim geringsten Anlass an zu toben. Er schwitzte und hatte blutunterlaufene Augen. Immer sah er völlig genervt aus. Systematisch machte er Selfies, die er mit selbstgeschriebenen Sprüchen postete. Diesen unglaublichen Schwachsinn formatierte er in Word.

Vor und nach seinem Namen führte er Titel auf, die es in der akademischen Welt gar nicht gab. Angeblich hatte er irgendwann einmal Marxismus studiert. Allerdings hatten sie ihn im zweiten Semester rausgeschmissen, weil er betrunken zwei Kommilitoninnen verprügelt und ihnen schwere Verletzungen zugefügt hatte. Seit dem Fall des Anführer-Regimes gehörte er dem radikalen Flügel der Neonazis an. Vor zwei Jahren hatte er die Nationale Heimwehr gegründet. Er bildete verwirrte Jugendliche im Straßenkampf gegen Feinde der Republik aus, sprich: gegen alle, die es wagten, ihn zu kritisieren. Er tingelte durch die Muckibuden und Spelunken der ärmsten Regionen, warb frustrierte Arbeitslose an und verpasste ihnen mit seinen Verschwörungstheorien eine Gehirnwäsche. Mit seiner Horde verbrannte er auf dem Hauptplatz demonstrativ Bücher von »Agenten des Westens«. Aus Protest gegen Sanktionen vernichtete er provokativ amerikanische und europäische Lebensmittel. Er war überzeugt, dass AIDS von der CIA entwickelt worden war, um die amerikanischen Schwarzen auszurotten. Bis zum Abwinken wiederholte er, dass die Juden an unsichtbaren Waffen arbeiteten, die durch ihre Strahlung die arabischen Erdölvorräte vernichten könnten. Hinter jedem geschichtlichen Ereignis witterte er verborgene Absichten der Bilderberg-Gruppe.

Besonders irritierte mich, dass sowohl Valys als auch

unser Philosoph sich ständig auf Nikolai Berdjajew beriefen, mit dem ich mich an der Uni intensiv befasst hatte. Sie erklärten sich zu seinen geistigen Erben, was ich skandalös fand. Aber ich hielt lieber den Mund. Wenn sie eine ihrer kolossalen Dummheiten vom Stapel ließen, ging es nicht selten um eine angebliche Paraphrase des armen Berdjajew, der sicher im Grab rotierte wie eine Schiffsschraube.

Unser Philosoph hatte auch ein Buch publiziert, die gesammelten Werke aus seiner Karriere als Troll. In den Augen seiner Bewunderer gewann er dadurch noch mehr Beliebtheit. Das Pamphlet lag in jedem Schaufenster, also blätterte ich es in einer Buchhandlung einmal durch. Mir fielen seine Motivationssprüche ins Auge: *Falls du noch nach einem Troll suchst, der dein Leben verändert, dann schau in den Spiegel.* Oder: *Die höchste Zeit, mit Trolling zu beginnen, war gestern.*

Weiter konnte ich nicht lesen. Ihm gegenüber klang sogar Coelho wie Dostojewski. Und weil Schwachsinn sich gut verkauft, gehörte das Buch zu den Bestsellern, was in unserem Philosophen das Gefühl der eigenen Größe und Wichtigkeit noch verstärkte. Ich amüsierte mich über ihn und hatte gleichzeitig vor ihm Angst.

✺

»Wir leben in einer Zeit, in der die Menschen die Wahrheit nicht mögen und sie nicht suchen. Die Wahrheit wird immer mehr durch Nutzen und Interesse ersetzt, durch den Willen zur Macht. Fehlende Wahrheitsliebe verursacht nicht nur eine nihilistische oder skeptische Einstellung ihr gegenüber, sondern auch, dass Menschen sie mit Glauben und dogmatischen Lehren verwechseln, in deren Namen die Lüge zulässig ist, und die wird nicht für ein Übel, sondern etwas Gutes gehalten. Wenn sich unsere Zeit durch eine außerordentliche Verlogenheit auszeichnet, dann ist das die individuelle Lüge. Die Lüge setzt sich als heilige Pflicht im Namen höherer Ziele durch. Das Böse wird im Namen des Guten gerechtfertigt.«

NIKOLAI BERDJAJEW: DAS REICH DES GEISTES UND DAS REICH DES CAESAR, 1948

Noch bizarrer als unser Philosoph war Derschimorda. Den Namen eines der Polizisten aus Gogols *Der Revisor* gaben Johanna und ich einer siebenundfünfzigjährigen Fanatikerin.

Auf den ersten Blick hätte ich nie gedacht, dass sie vom Trolling lebte. Sie wirkte unauffällig, im Unterschied zu vielen Kolleginnen hatte sie keine exzentrischen Frisuren, trug keine politischen Abzeichen oder Aufnäher, pflegte kein alternatives Image, wie man das in der Zentrale sonst gern tat. Montags brachte sie Kuchen mit zur Arbeit, den sie für die sonntägliche Kaffeetafel ihrer Familie gebacken hatte.

Am Rechner verwandelte sie sich allerdings in ein Monster. Ich hatte sie besser kennengelernt, weil ich gelegentlich zu anderen Teams wechselte, um mich in neue Themen einzuarbeiten.

In der Zentrale hatte ich schon einige Irre erlebt, aber Derschimorda war wirklich unerträglich. Sie behauptete, dass sie mit ihrem Arbeitsantritt aus einem schlimmen Traum erwacht sei, es wäre ihr wie Schuppen von den Augen gefallen. Die Begegnung mit Valys verstand sie reinweg als Erleuchtung.

Wie besessen widmete sie sich beim Trolling den Roma. Andauernd drohte sie in den Foren damit, ihnen allen die Fresse zu polieren. So kam sie auch zu ihrem Namen, denn im russischen Wort »Derschimorda« steckt: »Halt die Fresse!« Sie war zu der Überzeugung gelangt, dass an allem Übel im Staat die Roma schuld waren, in ihrer Wahrnehmung Parasiten, Asoziale oder Zigeunerschweine, die sich weigerten, sich an die Mehrheitsgesellschaft anzupassen. Sie benutzte auch viel schlimmere Schimpfwörter, sodass ich mich wunderte, wo sie die herhatte. Niemals befasste sie sich mit der Korruption an den höchsten Stellen, mit der verbrecherischen Selbstbedienungsmentalität, der Arbeitslosigkeit oder der Armut. Immer nur mit den Roma.

Wenn sie als Troll agierte, erstickte sie fast an der Wut, die sich in ihr angestaut hatte. Ihren Hass steigerte sie bis zur Unzurechnungsfähigkeit. Im Rausch kam sie ständig mit Hitler und bedauerte, dass er den Holocaust nicht vollendet hatte.

Lisaweta brauchte bei ihr keine Rechtschreibfehler einzubauen, weil jeder ihrer Posts nur so von ihnen wimmelte. VIELE STATUSMELDUGEN SCHREIB SEI IN GROSSBUCHSTABEBN MIT EINEM HAUFEM ASRUFEZEICHEN!!!!!!!!!!!!!, damit die Leser sofort begriffen, wie ernst sie das alles nahm.

Ich musste bei Derschimorda oft auf der Hut sein, um beim Lesen ihrer absurden Gedankengänge nicht laut loszulachen. Mit ihren Blogs und Kommentaren stieß sie bei ihren Followern auf ein riesiges Echo, das sie immer weiter anstachelte. Die Reaktionen betrachtete sie als Beweis ihrer Wahrheitsliebe.

Einmal schauten Johanna und ich uns ihr Facebook-Profil an. Privat liebte sie Videos mit niedlichen Kätzchen. Ein zottiger grauer Kater rannte fast fünfzehn Minuten seinem eigenen Schwanz hinterher. Vier Siamkatzenbabys verschütteten wie verrückt Milch aus einer Schüssel, bis sie leer war. Solche Filmchen postete sie jede Woche zu Dutzenden, manchmal abwechselnd mit Fotos von Blumensträußen. Besonders liebte sie rote Rosen mit bunten Schleifen.

Derschimorda hatte drei Kinder großgezogen, die ihr inzwischen acht Enkel geschenkt hatten. Sie lebte in einem Dorf, in dem es keine Roma gab, und arbeitete in einer Stadt, in die Hunderte von Roma als Bauarbeiter für schlecht bezahlte Jobs pendelten. Wo war so eine feindselige Haltung in ihr hergekommen? Oder tat sie nur so? Konnte sich jemand für Geld so verstellen?

In der Zentrale konnte man sich über gar nichts sicher sein.

*

Johanna und ich begannen, unsere eigenen Sprüche und Infografiken zu posten. Täglich dachten wir uns bis zu vierzig davon aus. Ich lieferte die Texte, sie die Bilder. Das brachte uns ein wenig Ablenkung bei all der Schinderei.

Die Fotos klauten wir aus afrikanischen Tieralben,

von einer Bischofskonferenz, von internationalen Katzenausstellungen, von Die Antwoord, Eckhart Tolle und George Soros, vom gefakten Keanu Reaves und ausgiebig vom echten Berdjajew, ja sogar von unserem Philosophen, aber so, dass er nicht dahinterkam.

Die Visuals ergänzten wir durch Zitate von Motivations-Coaches und esoterischen Ablegern arischer Pseudospiritualität. Wir mixten die Passagen nach Belieben und setzten den aufmunternden Quatsch in einen politischen Kontext. Wir bedienten uns bei allen, quer durch die Jahrhunderte. Ideen musste man verbreiten, nicht haben.

Wenn wir nach Hause zurückfuhren, waren die Gesichter der Fahrgäste auf ihre Smartphones fixiert. Ich schaute ihnen über die Schulter zu, wo sie so surften. Ein paar sahen sich Seiten an, auf denen Johanna und ich noch vor ein paar Minuten als Trolle aktiv gewesen waren. Sie antworteten sogar auf unsere Kommentare. Manchmal konnte ich mich nicht zurückhalten und formulierte im Stehen ein paar derbe oder sarkastische Repliken. Vielleicht hatte ich mich mit jemandem, der gerade neben mir stand, bis aufs Blut gestritten. Ich steckte mein Handy lieber in die Tasche, damit ich mich nicht durch einen blöden Fehler selbst verriet.

Inzwischen war es normal geworden, dass ich auch nach der Arbeitszeit als Troll agierte. Valys forderte von mir Kommentare nonstop.

Johanna schlief zu Hause. Ich ging zu meiner Mutter. Nachdem ich einmal ein paar Tage nicht aufgetaucht war, fand ich die Wohnung unordentlich vor. Offenbar hatte Mutter sie die ganze Zeit nicht verlassen.

Trotz meiner Müdigkeit konnte ich nicht einschlafen. Ich stand auf und öffnete das Fenster sperrangelweit. Die Nacht drang in mein Zimmer ein. Ich legte mich wieder hin, stopfte mir Ohropax in die Gehörgänge und deckte mein Gesicht mit einem Handtuch zu. Meine Gedanken schweiften herum, wie es ihnen gerade passte. Hat jemand in der Wohnung herumgeschnüffelt? Könnten sie mir etwas anhängen? Wie es wohl Stern geht? Was macht mein Bruder? Lebt er überhaupt noch? Würde Johanna es schaffen, clean zu bleiben? Wie läuft der Plan weiter?

Lange verglich ich das Bild, das ich gegenwärtig abgab, mit dem Bild des Menschen, der ich hatte werden wollen. Ich kam beim besten Willen nicht darauf, warum und seit wann meine Wünsche in so brutalem Gegensatz zur Realität standen.

Nachdem ich zwei Stunden wach gelegen hatte, stand ich auf und schaltete den Computer an. Ich checkte meine E-Mails. Askold hatte mir ein Foto eines bekannten Politikwissenschaftlers geschickt. Gleich ließ ich es durch die Datenbanken laufen. Die Einträge zeigten eine Schwäche für junge Studentinnen und zwei Plagiatsaffären. Gestern Nacht hatte der Herr auf einem Nachrichtenportal die Hochkonjunktur des Trollings scharf kritisiert. Zum Abschluss hatte er sogar zu einer Demonstration vor der Botschaft des Reichs eingeladen. Er rief zum Boykott von Diskussionsforen auf und forderte von den Sicherheitsorganen, sich wirksamer auf die Risiken bezahlter Propaganda zu konzentrieren.

Ich zögerte nicht und bezeichnete den Analysten sofort in zwanzig Foren als Kaffeehaushocker und Verräter, von Soros üppig finanziert. Ich postete eine Tabelle mit seinen Einnahmen, kopiert aus der öffentlichen Abrechnung von universitären Subventionen, die jeder Hochschullehrer wegen der schlechten Bezahlung zusätzlich einwerben musste, um sich über Wasser zu halten. Ich fügte in das Dokument lediglich als Wasserzeichen den Davidstern ein und ergänzte es um einen roten Stempel: GEHEIM. Auch noch so triviale Details leuchteten plötzlich auf. Einen Vertrag über eine Vorlesungsreihe und die Steuerbelege über seine Entlohnung stellte ich als üppige Einnahmen aus einer zweifelhaften Quelle dar. Ich dämonisierte den Einfluss des Wissenschaftlers auf die Jugend.

Die Dokumente postete ich umgehend auf verwandten Seiten. Eine attraktive Mischung aus Wahrheit und Lüge. Es gab keine Möglichkeit, eine Richtigstellung zu erreichen. Bei wem sollte sich der Betreffende denn beschweren? Bei den Medien? Wenn er das wagen sollte, würden wir die Journalisten unter Einsatz der größtmöglichen Hinterhältigkeit diskreditieren.

Im Lauf der Nacht würde ich weitere Materialien zusammentragen. Und morgen, mit Hilfe von Johanna und meinen Kollegen, den unverschämten Kerl vor dem ganzen Land lächerlich machen. Ab jetzt würde er nie wieder in Ruhe durchatmen können. Die Angestellten der Zentrale würden mit Kameras bewaffnet zu jeder seiner Vorlesungen ausrücken. Demonstranten würden ihn auch in der abgelegensten Stadt mit Transparenten begrüßen, auf denen stünde: Enttarnter Verbreiter von Fake-News. Jeden öffentlichen Auftritt würden wir aufnehmen, umschneiden und in so aufbereiteter Form ins Netz stellen. Unermüdlich würden wir uns in Debatten einklinken, bis wir ihn zur völligen Erschöpfung gebracht hätten. Immer und immer wieder würden wir in Hörsälen unsinnige Fragen stellen, ihn mit verdrehten Fakten konfrontieren und im Interesse der Öffentlichkeit Details einfordern, die er für immer verheimlichen wollte. Wir würden dann auch anfangen, seinen Vater zu bespitzeln, seine Mutter, seine Brüder, seine Geliebten, seine Freunde ...

Die umgestaltete Geschichte über den Politikwissenschaftler verbreitete sich bereits im gut geölten System. Artikel beriefen sich aufeinander und wurden von Dutzenden realen und gefakten Quellen zitiert. Dieses Rinnsal würde auch nach Monaten noch nicht ausgetrocknet sein. WikiLeaks würde es demnächst zehn Millionen Abonnenten zukommen lassen. Die Wahnvorstellungen würden überall durch Memes und Infografiken ergänzt werden.

Die Verschwörung wirkte verlässlich und monströs. Die ganze Welt aus falschen Websites und Nachrichtenkanälen schufen wir in der Zentrale nur deshalb, damit sie sich wechselseitig verstärkten und zu größerer Glaubwürdigkeit führten. Die meisten Meldungen zitierten natürlich keine verdächtigen Quellen, sondern sich gegenseitig. Meine Kollegen würden schon bald vollenden, was ich losgetreten hatte.

Bei jedem war etwas zu finden. Das Internet vergaß nicht. Alle möglichen Leute hatten ein kleines oder großes schmutziges Geheimnis zu verbergen. Die Alimente nicht bezahlt? Ein uneheliches Kind? Fördergelder einer Non-Profit-Organisation aus den USA? Eine Geliebte an der Universität in der Nachbarstadt? Abgekupferte Passagen in der Doktorarbeit? Jugendlicher Leichtsinn in einem Sexklub? Falls nicht, dann dachten wir uns was aus. Wir schafften es inzwischen sogar, Lügen bei der CNN einzuschmuggeln.

Einen politischen Hoffnungsträger vernichten, der rein war wie eine Lilie? Einen engagierten Künstler ausbremsen, der nach Aufmerksamkeit gierte und kritisch das Maul aufriss? Einen antifaschistischen Aktivisten auf Grund laufen lassen? War alles machbar. Man musste nur beherzt ans Werk gehen. Ich stöberte immer etwas auf. Konzentriert saß ich da und bereitete die Unterlagen vor. Bis zum Morgen war es noch lange hin.

※

Die junge und aussichtsreiche polnische Politikerin Milena bekannte sich offen zu ihrem Lesbischsein, unterstützte Menschen auf der Flucht und lehnte den katholischen Nationalismus strikt ab. Ihre Popularität wuchs unerwartet stark. Valys gab uns die Anordnung, ihre Zustimmungswerte zu senken.

Johanna und ich begannen, ihre Persönlichkeit zu

recherchieren. Wir fahndeten nach geeigneten Infos. Leider fanden wir nichts Außergewöhnliches. Deshalb kopierte ich zuerst einmal nur Agenturmeldungen. Wir wollten uns in sie vertiefen und weitersuchen.

Mir kam die Idee, ihre Charakteristik abzuwandeln. Ich machte aus Milena eine junge und jüdische Politikerin aus Polen. Ich konnte kaum glauben, wie sich die Artikel veränderten. Rasch posteten wir sie nochmals und unterstützten ihre Verbreitung in Foren.

Bei jeder Erwähnung ihres Namens regten wir uns über Israel und den Siedlungsbau in den besetzten Gebieten auf. Wir fügten hinzu, dass die Juden die Welt mit Hilfe der UNO unter Kontrolle hätten. Die Juden hätten zwei Weltkriege verursacht und die ganze Welt werde von jüdischem Geld kontrolliert. Wir korrigierten uns dann selbst und stellten richtig, dass die Welt von jüdischen Petroschekel kontrolliert werde. Zum Abschluss setzten wir noch Milenas Nachnamen dazu.

Ich suchte nach einem passenden Bild zur Illustration. Schließlich kramte ich in der Not eine antisemitische Karikatur aus dem *Völkischen Beobachter* heraus. Jemand hatte sie in Druckqualität eingescannt und zur freien Verfügung bereitgestellt.

Absichtlich wimmelten unsere Postings von sprachlichen Fehlern, damit sie authentisch wirkten. Wir schalteten beide auf CapsLock um und setzten in Foren ans Ende unserer Kommentare mehr Ausrufe- und Fragezeichen als Derschimorda.

Wir beriefen uns auf Gerüchte, gaben sie als alternative Fakten aus und kamen mit freien Erfindungen:

Viele behaupten, dass ...
Brüssel verheimlicht Ihnen, wie ...
Antisemitismus ist falsch, aber ...

Irgendetwas fehlte den Meldungen aber nach wie vor.

Polen lag viel zu weit weg. Unsere Landsleute interessierten sich fast gar nicht für Nachrichten aus dem Ausland, sie mussten sich zu sehr mit innenpolitischen Problemen herumschlagen. Gefordert war eine stärkere Verbindung mit der Heimat.

Mir fiel Professor Stern ein. Einen anderen Juden kannte ich nicht. Ich fand ein Foto von ihm. Dazu dachte ich mir eine kurze Geschichte über die finanziellen Vorteile aus, die er als Jude in seinem Leben erlangt hatte. Ich lud mir Muster für israelische parlamentarische Rechnungen herunter, trug seinen Namen ein und schrieb hohe Summen in die leeren Spalten. Mit Feuereifer postete ich das Ergebnis auf allen Profilen, die ich bisher angelegt hatte, und Johanna tat das Gleiche. Auch unser Philosoph und weitere Trolle schlossen sich begeistert an.

Dieses Vorgehen stieß auf ein außerordentliches Echo. Die Foren musste ich gar nicht erst in Schwung bringen, die Zahl der Kommentare nahm blitzartig zu. Ich war unfähig, sie zu lesen. Wahrscheinlich hätte ich mich vollgekotzt.

Aus unbegreiflichen Gründen übernahm die staatliche Presseagentur den Text über Stern ohne Prüfung, und eine Stunde später zog sogar eine ausländische nach. Die Nachricht landete auf einem beliebten Portal gleich unter den meistgelesenen Beiträgen. Eine Minute später verbreitete sie mein ehemaliger Mitschüler Rado als garantiert wahr und stieß unter seinen Freunden auf Begeisterung. Die Diskussionsbeiträge erstreckten sich über Dutzende von Seiten und die Admins kamen gar nicht hinterher mit dem Löschen von Sätzen, die den Kodex verletzten. Valys strahlte wie ein Honigkuchenpferd. Askold lobte mich zum ersten Mal.

Die unverschämte Nachricht wurde, scheinbar bestätigt von einer nicht existenten Quelle, immer wieder von unserem durchgeknallten fanatischen Philosophen wiederholt. Einen angeblichen Beweis lieferten mir auch zehn seiner Lügen. Die Neuigkeit wurde bereits von Tausenden Unbekannten sowie einigen Parlamentsabgeordneten und einem Mitglied des Sicherheitsausschusses verbreitet. Ich hätte mich amüsieren können, wäre das Ganze nicht so gespenstisch gewesen.

Mein Blick fiel auf Lisaweta. Was dachte sie? Sie behauptete, als Antifaschistin in der Zentrale zu arbeiten. Mit diesem Argument gingen hier mehrere hausieren. Glaubten sie wirklich daran?

Die lokalen Extremisten feierten das Posting mit dem Bild als Sternstunde der Meinungsfreiheit. Doch es kam auch zu einem Skandal. Die israelische Botschaft forderte, das Material aus dem Netz zu entfernen – ein leichteres Ziel konnte man sich gar nicht vorstellen. Ein feiner Shitstorm über ein Bombardement des Gaza-Streifens genügte, und kurze Zeit später herrschte von Seiten der Botschaft Ruhe. Ähnliche Fälle häuften sich. Es gab keine Grenzen mehr. Der letzte Damm war gebrochen.

※

Auch die nächsten Aufgaben gingen wir Hals über Kopf an. Wir brauchten ähnliche Erfolge, Resultate, Likes, Besucher, Leser, Follower.

Es hatte sich bewährt, unsere Feinde als Nazis zu bezeichnen. Diese Beschuldigung funktionierte auf wundersame Weise. Ein Nazi konnte jeder Beliebige sein: ein Politiker, ein Wissenschaftler, ein Sportler oder eine Schriftstellerin. Johanna programmierte das Schlagwort als Google-Bombe. Anschließend erschien beim Eingeben des Namens in die Suchmaschine das Wort Nazi unter den ersten Treffern.

In softeren Versionen geschah das mit der Vorsilbe pseudo-: Ein Journalist wurde zum Pseudojournalisten, eine Abgeordnete zur Pseudoabgeordneten. Und so weiter.

Opponenten bezeichneten wir als Marionetten fremder Mächte oder als NGO-Knechte. Wir beschuldigten sie des Versuchs, die Herrschaft über den Rohstoffreichtum unseres Landes zu erringen.

»Ihr redet von Demokratie, und dabei wollt ihr nur unsere Erdöl- und Erdgasvorkommen unter Kontrolle kriegen. Und das Wasser, Rohstoff der Zukunft!« Ich spielte die patriotische Karte aus.

Persönlichkeiten aus dem kulturellen Leben bezeichneten wir als Individualisten und prowestliche

Agenten. Im Netz kursierten mehrere Listen mit Vaterlandsverrätern, die wir fortlaufend ergänzten.

Gegen den Vorwurf, wir würden Propaganda verbreiten, setzten wir eine bewährte Waffe ein: das für den Westen typische Messen mit zweierlei Maß. Eine feine Sache für alles Mögliche, von der Impfpflicht bis zum Kampf gegen den Terrorismus. Auf die Angriffe unserer Gegner reagierten wir hart und bezeichneten sie als Teil einer Hexenjagd.

Eine Weile schrieben wir als einsame Witwe, die in ihrem Leben nach Gewissheit suchte. Dann als Fotograf im mittleren Alter. Und kurze Zeit später versetzten wir uns in einen älteren Herrn, der die Welt mit versöhnlicher Nonchalance betrachtete. Wir spielten die Rolle eines unzufriedenen Klempners mit einem gerechten Zorn auf alles und jeden. Wir agierten auch als reicher Neoliberaler. Oder als Emigrantin in Kanada, die vor Jahren vor Anführer-Sohn geflohen war und der das Schicksal ihrer Heimat am Herzen lag. Daraufhin verwandelten wir uns in den gläubigen Rentner Samuel, der Bilder mit Pferden und Delphinen liebte und schwadronierte: »Anführer-Vater war der neue Kaiser Konstantin. Natürlich war das ein Verräter und ein Geheimagent, aber ähnlich wie der berühmte Herrscher aus der Antike hat auch er in der entscheidenden Phase zum Glauben gefunden und wurde zum wichtigsten Politiker der Gegenwart. Vollkommen war er nicht, aber immer hat er das Christentum beschützt. Der Kommunismus gehört hier nicht her, die Juden haben ihn ins Reich eingeschleppt. Die Judenfamilie Rothschild hat den Juden Lenin bezahlt.« Diese Gemme fand sofort ihren Weg auf siebzig Websites.

Ich wurde allmählich komplett zum Troll.

Obwohl ich spät und erschöpft ins Bett ging, konnte ich nicht schlafen. Alpträume weckten mich immer wieder auf. Trolle hetzten mich durchs Netz, und wohin ich mich auch wandte, nirgends fand ich Zuflucht.

Verschlafen stand ich um halb sieben auf. Ich ging duschen, machte mir einen Kaffee, und nach einem eiligen Frühstück hetzte ich mit Johanna in die Zentrale.

Nur mit Ach und Krach schaffte ich das Tageslimit. Unmengen von Kommentaren, drei Blogs täglich, auch mal vier, wenn Wahlen ins Haus standen. Die Zahl der Kommentare spielte eine Schlüsselrolle. Die meisten User schauten sich nur Artikel an, unter denen eifrig diskutiert wurde. Zuerst deckte ich die Städte ab, anschließend richtete ich mein Augenmerk auf die ländlichen Regionen.

Ich verbreitete immer häufiger Lügen. Ständig sagte ich mir: »Ich arbeite für unseren Plan. Ich muss mich nur daran gewöhnen: ein bizarres Kollektiv, ein ungewöhnlicher Arbeitsstil. Ich bin anders als die anderen. Ich habe eine Absicht im Blick, ein höheres Ziel.« Aber behaupteten in der Zentrale nicht auch andere dasselbe von sich?

Trolling. Eine Halluzination, der man jeden Tag aufs Neue Glauben schenkte.

Es ließ sich nicht verstandesmäßig begreifen, eher spirituell.

Noch gab es keine präzisen und zuverlässig funktionierenden Richtlinien. Die Regeln entstanden gerade erst. Bewährte Propagandatechniken wurden mit modernem Marketing zusammengebracht, und es entstand ein effektives Instrument. Ein Hauptkampfgebiet bot der menschliche Geist. Dort musste man siegen, dann konnte man auf dem Schlachtfeld das Duell vollenden.

Wir begriffen langsam, warum das Trolling nicht aufgehalten werden konnte, weder von den einflussreichsten Politikern noch von den größten IT-Koryphäen oder den Betreibern der sozialen Netzwerke. Weil das nicht nur der Missbrauch von Technik war. Sondern eine Idee. Eine verzweifelte und fantastische Idee. Noch nie in der Geschichte war es vorgekommen, dass Kraft eine Idee besiegt hätte. Eine Idee ließe sich nur bezwingen, indem man an ihrer Stelle einen besseren, attraktiveren und annehmbareren Gedanken böte. Bloß welchen?

✐

Mutter besuchte ich aus Zeitmangel immer seltener. Ich machte mir Vorwürfe. Wenn ich mich ein paar Tage oder sogar Wochen nicht sehen ließ, herrschte in ihrem Leben und in ihrer Wohnung Chaos.

Ich konnte mich kaum auf den Beinen halten, beschloss aber, diesmal hinzugehen. Ich musste. Schnell erledigte ich noch einen großen Einkauf und ließ mich mit Uber zu ihr bringen. Der Fahrer hielt direkt vor der Tür.

Ich entdeckte, dass jemand Sterns Hauswand mehrfach mit dem schwarzen Schriftzug JUDE beschmiert hatte. Die widerwärtige Karikatur, die ich gepostet hatte, war mit einer vergrößerten Street-Art-Schablone mitten auf die Haustür gesprayt worden. Herr Stern stand in grauer Bügelfaltenhose und weißem Hemd auf der Schwelle. Er hatte einen Pinsel in der Hand, um die Wand zu übermalen. Flüchtig grüßte ich ihn, tat so, als hätte ich es eilig, und verschwand schnell in unserem Haus.

Mutter begrüßte mich mit der Frage: »Hast du gelesen, was Stern verdient? Was der für Privilegien hat? Das ist unglaublich!«

»Glaub das nicht. Woher weißt du das überhaupt?«

»Das stand im Internet. Hast du's nicht gesehen? Das ist überall. Er und irgendeine junge Polin. Sie haben in den Nachrichten davon geredet und Dokumente gezeigt. Sie haben Beweise. Heute gab's hier eine laute Protestaktion. Ich hatte richtig Angst.«

Ich konnte Mutter nicht helfen, obwohl sie mich gebraucht hätte. Ich spülte kein dreckiges Geschirr, räumte nicht auf und schaltete die Waschmaschine nicht ein. Sie sah mir an, dass etwas mit mir los war, aber ich tat so, als sei alles in Ordnung.

Erst als ich mich in meinem Zimmer eingeschlossen und mich aufs Bett gesetzt hatte, ohne meine verschwitzten Sachen und die Schuhe auszuziehen, zerbrach der Panzer. Ich streckte meinen mächtigen

Körper auf der Matratze aus, deckte mich zu und wollte nur noch schlafen. Ich sah Stern und die Hauswand vor mir und ertappte mich beim Nachdenken darüber, wie ich die Szene zu Propagandazwecken verwenden könnte. Ich war dafür verantwortlich, dass meine Postings von einer Rekordzahl an Usern gelesen wurden. Meine eigenen Gedanken entsetzten mich. Wo waren die Grenzen unseres Plans? Sogar im Liegen war ich die ganze Nacht als Troll unterwegs.

※

Das schwindelerregende Tempo, mit dem die Ereignisse ihren Lauf nahmen, sog mich in einen Strudel hinein. Alles kam mir seltsam normal und gleichzeitig völlig unbegreiflich vor. Johanna und ich betrieben das Trolling wie im Fieber. Die Zeit rann uns durch die Finger. Jede Sekunde war von Duellen mit Widersachern ausgefüllt. Kaum merklich verfielen wir einem eigenartigen Feuereifer. Dennoch fand Valys oft, dass wir nicht hinterherkamen, zu langsam waren, später als nötig reagierten und nur selten prägnante Erfolge erzielten.

Wir verbrachten sieben Tage in der Woche mit dem Trolling, rund um die Uhr. Ein Kollege nach dem anderen fiel mit Burn-out aus. Oder hatte sich Valys ihrer entledigt, weil sie nicht zu den Fanatikern gehörten? Wenn er sich ein Opfer ausgesucht hatte, untergrub er allmählich seine Autorität und festigte zum Schein die Positionen von anderen, um sich deren Unterwürfigkeit zu sichern.

In der Zentrale waren nur noch die größten Eiferer übrig und erfüllten gehorsam, was ihnen angeordnet wurde. Johanna bedrängte mich, dass wir uns ihnen anschließen sollten. Den Plan habe sie unter Kontrolle. Das weitere Vorgehen würde sie mir zur rechten Zeit mitteilen.

Es war üblich, dass wir auch sonntags ins Büro kamen. Außerdem mussten wir jederzeit in Bereitschaft und immer verfügbar sein. Auch nachts waren wir verpflichtet, unsere Handys angeschaltet zu lassen. Falls etwas Außergewöhnliches passieren sollte. Und das geschah häufig. Amsterdam. Budapest. Warschau. Ostrava ...

Aufgrund der Anschlagsserie waren auch in Kúkav die Sicherheitsvorkehrungen verstärkt worden. An Haltestellen und auf den Straßen gab es jetzt mehr Soldaten und neue Kamerasysteme. Die Einlasskontrollen bei öffentlichen Institutionen und auch in der Zentrale hatten massiv zugenommen.

Valys hatte die Regeln verschärft. Wer dreißig Minuten zu spät zum Dienst erschien, büßte drei Prozent seines Gehalts ein. Jeder Regelverstoß war mit einer Strafzahlung belegt. Nicht selten saß uns ein Controller mit doppelt so hohem Einkommen im Nacken und schikanierte uns. Die Mittagspause durfte lediglich zwanzig Minuten dauern. Die Hälfte der Leute schrubbte auch Abenddienste, denn die zweite Traffic-Spitze begann um sieben.

Viele Trolle wussten jämmerlich wenig über die Welt da draußen. Sie lebten im Netz und interessierten sich nur für Clickbaits, Kommentar- und Besucherzahlen, Likes und die Höhe ihrer leistungsabhängigen Vergütung. Die erreichten Resultate verglichen sie neidisch miteinander. Sie schimpften auf Flüchtlinge, aber viele ihrer Verwandten lebten im Ausland. Sie wollten sich nicht eingestehen, dass Auswanderer ein viel größeres Problem für das Land waren als Einwanderer, die wir einfach nicht hereinließen. Die größten Koryphäen waren ins Ausland gegangen und nicht zurückgekehrt. Ihnen folgten Zehntausende Arme und Arbeitslose.

Noch nie in meinem Leben hatte ich so wenig geschlafen, nicht einmal im Krankenhaus. Mein Gehirn war auf das Chaos nicht vorbereitet. Das Tempo war keine Unterstützung für meinen Plan, abzunehmen und ein gesünderes Leben zu führen. Um durchzuhalten, trank ich hektoliterweise Kaffee und Energydrinks. Ich bemühte mich, negative Gedanken loszuwerden und auf dem Weg zur Arbeit Ordnung in meinem Kopf zu schaffen.

Einige behalfen sich mit leichteren oder härteren Drogen. Chemische Streichhölzer zum Offenhalten der Augenlider. Nichts für mich. Das hätte mich umgebracht.

※

Ich hatte immer noch nicht durchschaut, ob Valys nur fürs Geld arbeitete oder aus Überzeugung. Ich neigte zur zweiten Variante.

Er nutzte nicht nur billige Trolle, sondern kontaktierte auch Staatsbedienstete, Dozenten, Lehrer, Journalisten oder Parlamentarier. Ich hatte den Eindruck, als würde er am liebsten den halben Staatsapparat in seine Aktivitäten einbinden.

Er war auf Du und Du mit der extremen Rechten, aber auch mit Linksradikalen. Man sah ihn Arm in Arm mit dem bekanntesten österreichischen Populisten, aber auch mit einem von den Medien gehypten tschechischen Anarchisten. Auf Widerhall stieß er genauso bei ukrainischen Cyberhackern, der Panchinesischen Bewegung, der griechischen Syriza und der ungarischen Jobbik.

Ein Held unserer Zeit. Er unterstützte Subkulturen und extrem Konservative. Vergab Stipendien an Feministinnen und russisch-orthodoxe Radikale. Schlich sich in die Chatforen Andersdenkender ein und zerrüttete sie dann von innen heraus durch absurde Ansichten.

Einmal kleidete er sich als harniger Punk, ein andermal als neureicher Banker. Er verriet mir, dass er sich als Teenager eigenhändig tätowiert hatte. Besessen von seinem Äußeren lief er gern mit freiem Oberkörper herum, sogar in der Zentrale. Immer wieder bekamen wir seinen Bizeps und seinen Waschbrettbauch zu Gesicht.

Er ging täglich ins Fitnessstudio. Lief ein paar Kilometer am Ufer entlang und schwamm eine halbe Stunde in einem Flussarm. Machte hundert Liegestütze, Situps und Klimmzüge. Mied gesüßte Getränke und Brot. Übers Wochenende war er gern in den Wäldern um

Kúkav unterwegs, wo er sich Balken auf den Rücken packte und über Stock und Stein rannte.

Nicht selten instruierte er uns, während er sein Hanteltraining absolvierte.

»Europa gibt Amerika den Vorzug gegenüber seinen eigenen Bürgern!«

Arm beugen.

»Wir fordern den Austritt aus der faschistischen NATO!«

Arm strecken.

In die Botschaft des Reichs ging er so regelmäßig wie zum Klavierunterricht. Ein paar Mal erwischten Johanna und ich ihn spätabends dabei, wie er sich sadistische IS-Videos, amerikanische Pornos oder das Konzert eines Teenager-Popsternchens anschaute. Die Bürotür ließ er garantiert mit Absicht offen.

Tagsüber ging er manchmal mit seinen Hunden nach draußen, keiner wusste, wohin. Ein, zwei Stunden später kam er zurück und arbeitete das Versäumte in den Nächten nach.

Manchmal ließ er die Hunde in der Zentrale und ging ohne sie weg. Die Tiere schliefen nicht, sie stromerten im Büro herum und winselten. Ihre Gedärme waren vom Hunger gebeutelt. Doch wenn sich ihnen jemand mit einem Leckerli näherte, knurrten sie und sprangen herum, mit hängenden, blutunterlaufenen Lefzen und eingefallenen Wangen, und wenn sie den Kopf schüttelten, flog ihr Speichel meterweit.

Askold, Johanna und ich waren inzwischen eingespielt. Wir hatten ein Faible für den Dreisatz Bösewicht – Bild – Link. Vor allem auf die schwächsten Glieder der Gesellschaft hatten wir es abgesehen, auf Roma und Schwule, auf die hundertdreißig Muslime hierzulande, auf Feministinnen und Intellektuelle.

Wenn Valys morgens einen Politiker, einen Journalisten oder einen Aktivisten ausgewählt hatte, begann einer von uns, meist ich, ihn als Extremisten oder Neonazi zu bezeichnen. Johanna postete daraufhin ein manipuliertes Bild, das die These stützte. Geschickt bastelte sie ihm ein verschwommenes Abzeichen ans Hemd, oder in den Hintergrund eine zweifelhafte Flagge, gegebenenfalls kleidete sie ihn in eine karikierte Naziuniform.

Ich suchte ein möglichst entsetzliches Foto heraus. Askold fügte einen Link hinzu, der die Nachricht zu bestätigen schien und sie mit erlogenen Beweisen stützte. Mit einem passenden Fake-Zitat eines selbsternannten Experten verstärkten wir den Gedanken. Gemeinsam erzeugten wir ein Durcheinander von absoluten Gegensätzen, damit kein Mensch mehr einen Ausweg fand.

Wenn das Opfer versuchte, den Unfug zu dementieren, bezeichneten wir es im Forum von der ersten Sekunde an als Lügner und widerlegten seine Behauptung durch einen Haufen Schwachsinn. Ein paar Minuten später übernahmen die Story auch jene Medien, die man bis vor Kurzem noch als zurechnungsfähig erachtet hatte. Es folgte ein Shitstorm.

Auf Valys' Wunsch verstärkten wir unsere Attacken gegen die LGBT-Community, ein dankbares Ziel in der strukturschwachen Region.

»Warum wird dauernd von Homophobie geredet??? Wir kennen keine Phobie gegenüber Schwulis. Wir kennen nur die natürliche Abneigung gegen Perversion, Pädophilie und unseren WILLEN, ALLE KINDER ZU SCHÜTZEN, das Kostbarste, was wir haben. Wir schützen die ZUKUNFT!!! Wir werden Europa vor der Homo-Ehe und vor sich selbst retten!!!«

Wir benutzten ein bewährtes Muster: Der Zerfall der traditionellen Familie war von den Freimaurern geplant. Homosexuelle Lebensgemeinschaften = Vernichtung der Menschheit. Gender-Ideologie. Stoppt die Sexualerziehung. Jugendstrafgerichte entführen slawische Kinder und vertrauen sie Pädophilen an. Abtreibung ist Mord.

Die Unterlagen dafür stellte uns das Institut der ungeborenen Kinder zur Verfügung. Mit einer Unmenge an dämlichem Zeug versorgten uns der World Family Congress und die Alliance Defending Freedom, die meinem Dafürhalten nach für die Abschaffung der meisten Freiheiten kämpfte.

»Im Reich gehen die Worte des Mönchs und Einsiedlers Seiner Hochwohlgeboren Jewgeni Semjonow in Erfüllung, der den slawischen Völkern vorhergesagt hatte, dass sie als Letzte dem Einfluss des Antichristen widerstehen würden, wenn der den Worten der Heiligen Schrift zufolge auf Erden erschiene.«

Der Mönch Seine Hochwohlgeboren Jewgeni Semjonow wurde bei uns zum internen Joke. Wir versuchten, etwas über den Einsiedler herauszufinden. Aber wir fanden nichts, überall nur den Verweis auf diesen absurden langen Satz.

Wir machten Jewgeni Semjonow zum bekanntesten Mönch und Einsiedler des Reiches. Wir kreierten ein etwas verschwommenes Porträt, das aussah wie eine Ikone. Zu dem Bild dachten wir uns Motivationssprüche aus. Wir legten ihm Zitate in den Mund, die von Blixa Bargeld, Tom Cruise, Mutter Theresa, Kim Kardashian und Sarah Lutz stammten.

»Im Lauf der Ermittlung schossen sie aus einer Pistole auf mich. Während des Gefangenentransports feuerten sie mir aus einem MG hinterher. Bei Neu-Jerusalem schleuderte mich eine Mine aus dem Schützengraben. Ich verschied im Krankenhaus der 9. Erlöser-Abteilung des Sandigen Lagers, und sie lagerten mich mit gefrorenen Leichen ein. Ich starb an einem Herzinfarkt, den ich dank sowjetischer Schriftsteller im Verlag Sowjetischer Schriftsteller bekam. Vor der Befreiung aus dem Lager gaben sie mir noch fünfundzwanzig Jahre, und daraufhin versuchte ich, mich selbst zu erhängen. Ich sah, wie Menschen von Flugzeugen aus getötet wurden, wie man sie mit Geschützen umbrachte, mit Messern, Laubsägen und Glasscherben zerstückelte, und das Blut vieler Leidensgenossen floss in Strömen aus den oberen Pritschen auf mich herab.«

ARKADI BELINKOW

Entsprechend unserer Instruktionen schrieben Johanna und ich häufiger über Geschichte. Das Projekt skizzierten wir über mehrere Wochen: Die Große Sozialistische Oktoberrevolution 1917 war von lettischen Schützen ausgelöst worden. Der Prager Frühling 1968 ging aufs Konto faschistischer Konterrevolutionäre, die einen bewaffneten Umsturz anzetteln wollten. Der sowjetische Einmarsch hatte diese Aggression des Westens abgewendet.

Václav Havel stellten wir als verkrachten Alkoholiker, Pseudodramatiker, Pseudopolitiker, Serbenmörder, Nachrichtendienstagenten und von der NATO gekauften Vaterlandsverräter dar. Aus deren Logo auf einem Foto von ihm gestalteten wir ein Hakenkreuz.

Wir bewiesen, dass es die Ukraine nie gegeben hat.

Das abgeschossene Zivilflugzeug war schon vor dem Start mit Leichen gefüllt gewesen. In einer anderen Version hatte es eine deutsche Pharmafirma vom Himmel geholt, um die Wissenschaftler an Bord daran zu hindern, ein AIDS-Medikament zu entdecken. Das Verbrechen bezeichneten wir als CIA-Attentat und forderten ein internationales Tribunal.

Wir schusterten zwei längere Artikel zusammen über die Slowenen als das älteste Volk Europas. Valys versprach, dass die Kommission des Bildungsministeriums unsere Beiträge in das neue Geschichtslehrbuch für Sekundarschulen aufnehmen würde.

Wir reihten uns in eine Tradition des Reichs ein: Über Verbrechen sprach man nicht. Sie begann unter Iwan dem Schrecklichen, der die Opritschnina geschaffen hatte, als Methode zur Liquidierung von Bojarengeschlechtern, und dann liquidierte er auch die Opritschnina und untersagte, über sie zu sprechen. Der Zar, Anführer-Vater, Valys und jetzt auch wir, alle schrieben Geschichte um.

※

Wir benahmen uns in den Foren immer dreister. Die Diskutanten forderten eine härtere Ausdrucksweise. Also gaben wir sie ihnen.

Die Trolle sorgten dafür, dass das Netz immer mehr dem Sumpf der zornigen Seelen im fünften Kreis der Hölle ähnelte. Sie verloren den Sinn für das Maß. Aus Angst, aus Gehässigkeit, aus Rachedurst, aus Hass gegen alle anderen und gegen sich selbst.

In der Zentrale herrschte eine Spannung, als könne es jeden Moment zu einem Zwischenfall kommen. Etwas lag in der Luft. In uns wuchs der Verdacht, dass drei verfeindete Gruppen Trolling gegen die Zentrale betrieben. Die rivalisierenden Seiten radikalisierten sich. Man munkelte, dass der Informationskrieg sich wieder zu einem Hybridkrieg auswachsen könnte.

Dabei taten die Trolle um uns herum so, als wäre nichts passiert, in ihren Gesichtern zuckte nicht der kleinste Muskel, sie machten mit ihrer Arbeitsroutine weiter, ließen sich nicht stören, die letzten Berichte hielten sie für dummes Zeug. Jeden Morgen trafen sie sich und grüßten einander freundlich, tauschten stille Gesten aus und setzten sich wieder an den Rechner.

Ich hoffte, ihnen noch nicht vollends zu gleichen. Meine Angst war, dass mir der Hass schon am Herzen genagt hatte. Ich ballte die Fäuste, um nicht aufzuspringen und herauszuschreien, was ich über die Zentrale dachte. Johanna sagte immer wieder, dass die Zeit dafür noch nicht reif sei.

Vorläufig könnten wir gegen diese schrecklichen Szenen nichts tun, wir müssten uns bemühen, sie zu vergessen, um nicht durchzudrehen. Ich hatte den Eindruck, dass uns nicht mehr nur Freundschaft verband, sondern auch Angst und Scham.

※

Am Nachmittag erreichte eine größere Gruppe von Menschen auf der Flucht über die Balkanroute Osteuropa. In ihrer Verzweiflung über die Warterei und den Hunger hatten sie beide Zäune der Festung Europa durchbrochen. Mehrere waren beim Versuch, die Grenze zu überqueren, ums Leben gekommen.

Das Ereignis kam wie gerufen. Der perfekte Zeitpunkt, die Aufmerksamkeit umzulenken. Valys röchelte vor Seligkeit. Bis zum Abend beschimpften wir die Flüchtlinge in unseren Postings als Bastarde, Illegale und Terroristen. Wir dachten uns aus, was sie alles kostenlos bekamen, wie viel Geld, Handys, Hotelzimmer und sogar Prostituierte.

In der Nacht sank vor der italienischen Küste ein Schiff voller Afrikaner. Jetzt mussten wir nicht einmal mehr selbst aktiv werden. Die Chatforen jubelten über die Tragödie, sie rechneten aus, wie viel man im Sozialsystem einsparen würde, sie feierten die toten Muslime. Sie wiederholen, was wir Trolle ihnen beigebracht hatten. Wenn das so weiterginge, würden wir in der Zentrale schon bald mit den Händen im Schoß dasitzen. Es gab immer mehr Freiwillige. Täglich meldeten sich Bürger, die bereit waren, in den Foren an unserer Seite zu kämpfen.

※

Valys landete auf der Liste von Personen, denen die USA ein Einreiseverbot erteilt hatten. Die amerikanische Regierung reagierte damit auf die antisemitischen Kampagnen der Zentrale. Die Entscheidung war auch durch meine und Johannas Beiträge mitverschuldet worden. Gleichzeitig ergriff man gegen das Reich noch härtere wirtschaftliche Sanktionen. Ein Teil der europäischen Bürger forderte ein Landeverbot für Flugzeuge aus dem Reich auf Flughäfen innerhalb der Festung Europa.

Valys berief eine Pressekonferenz ein. Er lud wichtige Netzmedien und ausgewählte Blogger ein. Zum ersten Mal nahm er uns zu einer Veranstaltung außerhalb der Zentrale mit. Auf die Schnelle trieben wir auch noch ein paar bezahlte Fans auf.

»Die Entscheidung der Amerikaner sehe ich als Anerkennung für meine Verdienste um unser Heimatland und die Bewahrung traditioneller Werte. Ich betrachte das Verbot als Auszeichnung. Im Namen aller freien Bürger bedanke ich mich aus vollem Herzen. Einen deutlicheren Beweis für die Zensur und Unfreiheit in Amerika kann es nicht geben. Ich habe kein Bankkonto im Ausland. Ich liebe das Volk des Reiches und genauso das Volk des Landes, in dem ich arbeite und mit ganzer Kraft mithelfe, dass es den richtigen Weg einschlägt und sich eine bessere Zukunft sichert. Voller Stolz nehme ich die höheren Lebensmittelpreise zur Kenntnis. An die faschistische Blockade hat sich das Reich längst gewöhnt, sich aber nie mit ihr abgefunden. Vergesst nicht, wie es all denen ergangen ist, die uns angegriffen haben. An den Vereinigten Staaten interessieren mich lediglich Walt Whitman, Kentucky Bourbon und Bob Dylan. Um sie zu genießen, benötige ich kein Visum.«

Es ertönten Pfiffe und Buhrufe, aber auch gewaltiger Applaus. Dann gab es die Möglichkeit, Fragen zu stellen. Kameras und Tablets zeichneten auf, Blitze blitzen. Ich beobachtete meinen Chef. Valys verlor bei keiner einzigen Frage die Kontrolle über sich. Journalisten verachtete er grenzenlos. Er ging sie so lange scharf an, bis sie mit zitternder Stimme widersprüchliche Behauptungen stotterten. Die Medienleute waren nicht in der Lage, ihn unterzukriegen. Er handelte und dachte nach seinem festgelegten Schema.

Nach der PK wurde er von dem Häufchen bestellter Anhänger frenetisch begrüßt. Die geladenen Gäste stellten zwei vorher abgesprochene unterwürfige Fragen. Beide beantwortete er mit Vergnügen und beendete das Treffen.

»Ist Katjuschin, den Sie uns bei unserem Bewerbungsgespräch vorgespielt haben, teuer?«, fragte ich Valys auf dem Rückweg.

»Warum fragst du?«

»Wir könnten ihn anrufen«, schlug ich vor.

※

Russen zeichneten sich durch einen Hang zum Extremen aus, in allem. Sie kannten kein Maßhalten, keine Nuancen, akzeptierten weder einen Kompromiss, noch den dritten Weg oder gar den Durchschnitt. Entweder – oder. Rot oder weiß. Sieg oder Tod. Patriot oder Verräter. Wer nicht für uns ist, ist gegen uns. Sie liebten Superlative, Primate, mussten Weltmeister sein. Auch im staatlichen Fernsehen wurde systematisch betont, dass Reich und Anführer von Gott und Volk gemeinsam erwählt worden seien.

Wir in der Zentrale hingegen wurschtelten weiter so vor uns hin. Ich hatte schon länger darüber nachgedacht. Auf Grundlage meiner Erfahrungen kam mir ein Gedanke.

Die Begriffe Wahrheit und Lüge hatten im Reich eine andere Bedeutung als im Westen. Die Russen unterschieden zwischen »istina« und »prawda«. Ersteres war die faktische Wahrheit, basierend auf der Übereinstimmung zwischen Behauptung und Wirklichkeit. Als viel wichtiger und erhabener galt die »prawda«, die Wahrheit im Einklang mit Gott. Auf die »istina« kam es gar nicht so sehr an, wenn jemand log, war das keine

Verfehlung. Hauptsache, er blieb in Harmonie mit Gott, der Kirche und dem Reich.

Zusammen mit Johanna und Askold ging ich zu Valys. Ich hatte beschlossen, auf Risiko zu setzen.

»Du kannst mich duzen«, fing der Chef an.

»Okay. Du hast achtzig Angestellte, von denen zwei Drittel – um es mal nett auszudrücken – schwach sind. Sei nicht sauer, es ist einfach so. Wenn wir zehn neue und gute Leute auftreiben, kommen wir auf ein ganz anderes Niveau. Den Rest schaffen die Freiwilligen, die melden sich zu Hunderten. Wir können uns nicht mehr verhalten wie 2018. Wir sollten außer dem Netz auch die Realität unter Kontrolle kriegen.«

Ich stellte meinen dramaturgischen Entwurf für den ersten *Monat der Kultur des Reiches* vor. Die Schirmherrschaft über das Festival würde der Mönch und Einsiedler Seine Hochwohlgeboren Jewgeni Semjonow übernehmen.

»Wir müssen aufhören, uns zu verstecken. Wir sollten uns zur Storytrolling Agency weiterentwickeln. Einen Tag der offenen Tür organisieren. Unter die Leute gehen und sie zu uns einladen. Trolling alleine reicht nicht. Wir leben in einer Welt unaufhörlicher Veränderungen und Anregungen. Wir verlieren die Geduld für alles, was länger ist als 140 Zeichen. Die Leute haben die Nase voll von den sozialen Netzwerken. Ihnen fehlen Freunde aus Fleisch und Blut. Wir müssen auch die ansprechen, die kritischer und anspruchsvoller sind und sensibler auf Unaufrichtigkeit reagieren. Zeigen wir ihnen, dass es uns um etwas geht. Wir sollten auch andere Emotionen äußern als Hass. Wir haben das Zeug zu mehr!«

Ich entfaltete meine Vorstellungen noch detaillierter. Valys und die Kollegen hörten zu. Als ich fertig war, wartete ich auf eine Aussage. Doch der Chef stellte blitzschnell ein Krisenmanagement auf. Und beförderte mich. Ich wurde zum Senior Content Operator.

※

> »Man wird sich des kolossalen Gedankens bewusst, man beschließt, sich nicht zu fügen, nicht vor diesem Eindruck zu kapitulieren, nicht den Rücken vor ihm zu neigen und Baal nicht anzubeten, sprich: die materielle Welt nicht als sein Ideal zu akzeptieren; all dies würde eine riesige und unendliche geistige Verleugnung und Entschlossenheit erfordern.«
>
> FJODOR DOSTOJEWSKI NACH DEM BESUCH
> DER LONDONER WELTAUSSTELLUNG 1862

Das morgendliche Sieben-Uhr-Meeting gehörte zu den längsten und schwersten, die ich jemals in der Zentrale erlebt habe. Valys hatte mich ins Entscheidungsteam berufen. Wir saßen fast acht Stunden, diskutierten über den Plan und die Details. Die Trolle redeten alle durcheinander, erst leise, dann immer lauter, bis der Chef die Zusammenkunft auflöste. Der Tisch war voll mit leeren Kaffeetassen und zerknautschten Energydrink-Dosen. In einer Ecke des Raums lag ein Haufen Pizzakartons.

Jeder konzentrierte sich und trug seine Meinung zur komplizierten Situation und zur anspruchsvollen Zielsetzung vor. Johanna und ich skizzierten das weitere

Vorgehen und entwickelten die einzelnen Ideen durch ein Brainstorming weiter.

Für den Exekutivstab würden wir so schnell wie möglich zwanzig neue Leute einstellen, vor allem Profis aus Eventagenturen und Marketingexperten aus Großkonzernen, die ein Testverfahren durchlaufen müssten.

Die einzelnen Gruppen würden einen Mediaplan ausarbeiten, Pressemitteilungen schreiben, Werbeflächen und Banner buchen und die Anmietung von Räumlichkeiten und Technik in die Wege leiten.

Wir planten große Dinge.

※

Für einen Monat tourten Fürst Igor, Nu-Pogodi und Katjuschin durchs Land. Sie würden in der jungen Hip-Hop-Community Lobbyarbeit für die Hauptthemen der Zentrale leisten.

Sie nannten sich Vaterland Crew. Wuchtige Kerle, über den mächtigen Schultern spannten die grauen Anzüge und die schwarzen Seidenhemden mit den offenen Kragenknöpfen, auch die Goldketten fehlten nicht. Hingebungsvolle Wodkatrinker.

Sie begaben sich auf eine wilde Reise aus dem Osten bis in den Westen des Staates, in einem fantastisch beschallten Bus, den ihnen Trolan Dump für eine unverschämte Summe überlassen hatte. Begleitet wurde die Band vom berühmten Moskauer DJ Matriosh-K.

Das gewaltige schwarze Fahrzeug wurde vor der Abreise von Seiner Hochwohlgeboren Jewgeni Semjonow gesegnet. Die Tournee wurde von Anfang an wegen geplanter Proteste von erhöhten Sicherheitsvorkehrungen begleitet. BlockFake-Aktivisten organisierten mehrere Boykottversuche, aber ohne Erfolg. Gegen die Initiatoren hatten wir bereits im Vorfeld eine effektive Kampagne lanciert. Wir diskreditierten sie durch die Veröffentlichung pikanter Details aus ihrem Privatleben und bezichtigten sie, die Kunst- und Meinungsfreiheit zu gefährden.

Eine Hilfe war, dass das Quartett vom bekanntesten Rapper des Landes anmoderiert wurde, der eine Million ergebener Facebookfreunde hatte. Wir brauchten ihm nur Geld zu zahlen, und schon propagierte er bereitwillig alles Mögliche. Gleich zu Beginn verkündete er durchs Mikrofon, dass Valys sein bester Freund sei. Er bedankte sich für die großzügige Spende zur Entfaltung von Street-Art im Reich. Ich traute meinen Ohren kaum.

Zuerst trat die Vorband auf: drei Sängerinnen, ehemalige Go-Go-Tänzerinnen aus Moldawien, elastische junge Frauen mit langen Zigaretten zwischen ihren geschickten Fingern. Kurz nachdem sie die Bühne betreten hatten, zogen sie sich aus. Gut gebaut und schlank, in halbhohen Stiefeletten mit extremen Absätzen, hüpften und tanzten sie, bekleidet lediglich mit weißen Kunststoff-BHs und goldenen Ohrringen, das hellblonde Haar zum Pferdeschwanz gebunden.

Aber die Party wollte nicht in Gang kommen, das Konzert zum Tour-Auftakt war leider nicht ausverkauft. Von Anfang an herrschte mäßige Stimmung. Im kühlen und dunklen Saal schufen die Punktstrahler eine unklare rote Atmosphäre. Auf dem Bühnenhintergrund liefen von Drohnen aufgenommene Panoramabilder aus dem Hybridkrieg.

Zur tosenden Dancefloor-Mucke fächelten die Sängerinnen ihren verführerischen Körpern mit Reichsfahnen Luft zu. Sie holten Zuschauer zu sich auf die Bühne, spreizten die Schenkel. Wenn sich tatsächlich jemand zum Mitmachen animieren ließ, fuhren sie ihm mit der Hand über den Nacken und pressten sich an ihn. Sie präsentierten ihre Kurven, hampelten, vom spärlichen Beifall der Menge angestachelt, wie wild herum und schwenkten ihre Hüften in der immer peinlicheren Atmosphäre. Sie versprachen das Blaue vom Himmel und erzählten zwischen den Liedern, welch ein Segen es sei, im besten Land der Welt zu leben.

Zum Glück trat dann Vaterland auf. Auf eine Leinwand wurde ein Softporno aus dem Reich projiziert, der zu den harten Rhythmen neu geschnitten war. Der Wortschatz der Rapper faszinierte mich. Einige Textauszüge schnitt ich auf dem Handy mit und schrieb sie mir ab.

Die geilste Show des Jahres kennt kein Tabu.
It's hardcore! Wir sind die Vaterland Crew.
Fürst Igor, Katjuschin und Nu-Pogodi,
an den Turntables hinten, gut wie nie:
der Son of a Bitch Matriosch-K.
Und ihr, Digga, seid auch alle da!

*Von Sibirien weit nach Westen reicht die Erdölleitung
und genauso finden unsere Ideen Verbreitung.
Den Genozid an den Slawen müssen wir stoppen.
Schluss mit dem Gelaber, wir wollen uns kloppen.*

*Wir ham was zu bieten: Krasnojarsk, Kreml, Krim.
Schalt dein Scheißhirn ein, guck doch einfach hin.
Deine Ami-Bitch Näätäälie? Ach, lass stecken.
Soll der doch sonstwer die Hängetitten lecken.
Aber unsre Natascha, Digga, die geht ab!
Patriotisch fürs Reich bis ins kühle Grab.*

*Verstopf Instagram nicht mit belanglosem Kram,
du Arsch, hör zu, was wir zu sagen ham. – Let's go!*

*Die Vaterland Crew gibt keine Ruh ...
Wir reißen unsere Mäuler weit auf.
Das islamische Gebrüll hört jetzt endlich mal auf!
Wir scheißen auf den Scheißkoran.
Jetzt sind wir Christen mit Brüllen dran.
Wir rappen auf Russisch, unsre Goldzähne blitzen
Wir bringen die Wichser hier bei euch ins Schwitzen
Schluss mit der Zensur, it's party time!
Unsre fetten Geschütze reißen die Mauern ein.
Eure Kackregierung trifft unsere Hasstirade,
wir sind hier nicht auf 'ner Schwulenparade.
Die kriegen von uns die Fresse poliert, tranchiert, frittiert.
Wer fickt hier den anderen? Wir! Wir! Wir!
Machen wir die USA zum Entwicklungsland!
Zusammen gehn wir Slawen, Hand in Hand!*

Gibt's bei uns im Reich etwa ein Guantanamo? – Nein!
Aber Ferienlager am Schwarzen Meer, so muss es sein!

Ich ging hinüber in den Backstage-Bereich. Der nervöse Valys rauchte eine nach der anderen und füllte den Mitgliedern des Produktionsteams ununterbrochen ihre Gläser nach. Er saß an einem Holztisch, der sich unter Schüsseln voller Champagnerflaschen und Kaviar bog. Ein Koch stand hinterm Tresen und kratzte mit dem Ende eines Spachtels auf der Grillplatte herum. Der Chef schielte vor Nervosität dauernd auf sein Handy und checkte seine Nachrichten. Er hatte für die Jungs ein paar Mädels organisiert, die Verspätung hatten.

Seine Hunde legten sich auf Befehl hin, pressten sich gegen den Boden, die Hinterbeine angewinkelt, die Vorderpfoten vor sich ausgestreckt, und reckten die Köpfe weit nach oben. Sie hatten die Augen zu und bewegten sich nicht, zeitweise wirkten sie wie aus Stein.

Im Saal dröhnten die Beats. Der Boden vibrierte. Der DJ steigerte die Lautstärke bis an die Grenze des Erträglichen und scratchte in irrem Tempo. Katjuschin und Nu-Pogodi rappten im Rhythmus. Im zweiten Teil der Show traten sie in Militärklamotten auf, mit schwarz beschmierten Gesichtern, Messer in den Händen und Ketten an Stelle der Gürtel.

Im Kunstnebel blinkten die Scheinwerfer. Nach schnellen Samples wurde die Musik überraschend ganz leise. Fürst Igor beatboxte großartig und ersetzte damit eine ganze Band: Bass Drum, Hi-Hat, sogar Posaune und Trompete! Er begann gemächlich, arbeitete gut mit dem Publikum, legte dann schnell und schlagkräftig zu. Schon bald hatte er die Leute vor der Bühne mitgerissen. Sein Solo dauerte fast zehn Minuten. Der erste donnernde Applaus brach los.

Als Zugabe erklang die amerikanische Hymne – als extrem parodistische Coverversion der Band. Jeder pompöse Ton war in sein Zerrbild verwandelt. Das Symbol des Patriotismus war der Lächerlichkeit preisgegeben.

»Es geht los!« Valys drückte seine Kippe aus. Er sprang ungestüm auf, fast hätte er die Bank umgeworfen.

»Was denn?«, fragte ich.

Johanna und ich rannten ihm hinterher.

»Sie haben ein Signal vereinbart«, rief der Koch. »Fürs Streamen«, sagte er und rührte ungerührt in seinem Borschtsch.

Noch sah ich die Bühne nicht, nahm aber schon wahr, dass die Menge in Bewegung gekommen war. Wer vorm Eingang oder abseits stand, drängte nach drinnen. Ich versuchte, mich so nah wie möglich heranzuquetschen, aber das Geschubse, Getrete und Geschrei der Neugierigen hinderten mich ab einem gewissen Punkt am Weiterkommen. Die Leute strömten aus mehreren Richtungen heran und drückten gegen mich. Mein Bauch war im Weg.

Nach ein paar Sekunden hörte man einen langen Schrei und gleich noch einen. Der Saal erbebte von ohrenbetäubendem Gebrüll und Applaus. Jemand rief die Polizei an. Vom Bühnennebel tränten mir die Augen.

Katjuschin zündete auf der Bühne eine europäische und eine amerikanische Flagge an. Beide brannten wie Zunder. Die hellroten Flammen schlugen in die Luft, Fetzen flogen herum. Valys war mit dem Geschehen live auf Sendung. Andere Trolle schlossen sich ihm an.

Ein angetrunkener Feuerwehrmann traf ein und versuchte vergeblich, den Feuerlöscher in Gang zu setzen. Er zerrte daran herum, aber nichts geschah. Dann war er plötzlich selbst mit Schaum besprüht.

»Keine Angst, Alterchen, wir löschen das schon«, schrie Katjuschin. »Wer hat den größten Schlauch?«

Matriosh-K schob sich hinter den Turntables hervor. Eine begeisterte Menge hieß ihn willkommen. Ein großer, muskulöser Kerl mit scharf geschnittenem Gesicht und breitem Mund, das dichte Haar zu einem Zopf gebunden. Er warf einen Koran in die Flammen. Das Buch fing sofort Feuer. Er knöpfte seine Baggy Pants auf und pinkelte in die Flammen und auf den Rest der fünfzig Sterne und die illuminierten Seiten.

Der Urinstrahl beschrieb einen hohen Bogen und landete mit einem Zischen. Handys wurden hochgehalten und leuchteten bläulichweiß. Aus dem Publikum hörte man begeisterte Rufe. Zum ersten Mal donnerten alle drei im Chor los:

Wer ratet hier? Wer hatet hier? Wer disst hier? Wer pisst hier anderen ans Bein? Wer ist das Schwein? He, du! We hate you! Was soll der Scheiß?
Unser Rap ist gegen dich gemixt, Fürst Igor wichst, Katjuschin fixt, die Vaterland Crew hat dich weggeixt!

Der Raum rotierte mit mir wie ein Karussell. Mein Magen hüpfte auf und ab. Mein Herz raste aufgescheucht. Ich schwitzte und stank, aber das war mir egal. Zumindest eine Nacht lang war mein Aussehen keine Qual für mich. Mir wollte nicht in den Kopf, was hier passiert war. Die Folgen konnte ich nicht abschätzen. Ich hoffte, dass es keine haben würde. Konsequenzen gab es nicht mehr.

※

Nach dem Ende der Show und weit nach Mitternacht nahmen Valys, Johanna und ich im Tourbus Platz. Die Mitglieder der Vaterland Crew kurvten durch die Straßen von Kúkav, grölten und rauchten. Der Chef am Steuer trat aufs Gaspedal, die Reifen quietschten. Durch die offenen Fenster kam kalter Wind. Als die Männer sie endlich zumachten, drehten sie die Klimaanlage voll auf.

Mein Kopf dröhnte. In der Luft draußen hing ein kühler Perlmuttnebel. Der Regen hatte aufgehört, aber die Straßen waren noch nass. Von Ferne heulte eine Polizeisirene, das Geräusch wurde lauter und wieder leiser, bis es verstummt war. Auf jedem Monitor an den Sitzlehnen lief ein anderer Film.

Die Fahrt berauschte die Männer, ihre Augen waren gerötet. Trotz der Kälte knöpften sie Jacken und Hemden auf. Sie soffen und gaben Unsinn von sich. Die laute Musik attackierte die Trommelfelle. Ich war auf einem breiten Sitz gelandet. Mein Nervensystem war von Adrenalin geflutet.

Allzu schnell hatte ich mich an den ganzen Dreck gewöhnt. Die Zentrale hatte mir eine neue Welt eröffnet. Ich war zum Troll geworden. Und wenn nun Johanna der Plan außer Kontrolle geraten war? Schon Wochen wartete ich auf ein Signal, aber es kam keins. Hatte sie Angst vor Verrat? Neuerdings lehnte sie es paranoid ab, mit mir zu kommunizieren. Ich hatte den Eindruck, dass wir uns immer mehr in das Projekt verstrickten, gegen das wir ursprünglich einmal hatten kämpfen wollen.

Ich umklammerte mein Tablet und schrieb Kommentare zu den geposteten Videos.

Der Islam an sich ist nicht schlecht, aber ...

Ich bin kein Rassist, allerdings ...

Der Koran ruft zur Gewalt auf, deswegen werden auch wir ...

Das Trolling war für mich schon so natürlich geworden wie meine Atmung. Mir wurde übel. Ich übergab mich auf den Sitz. Schon zu viele Tage war ich von Entsetzen erfüllt. Ich konnte nichts mehr tun, außer zu kotzen.

※

Ich war immer stärker davon überzeugt, dass ich das schwindelerregende Tempo nicht durchhalten würde. Als hätte ich jahrelang nicht genug Schlaf bekommen. Überall spürte ich fremde Blicke. Scheinbar war ich schon leicht am Durchdrehen.

Die Vaterland-Tournee ging am nächsten Tag weiter. Ich reiste mit der Band. Johanna blieb in der Zentrale.

Bei Tageslicht konnte ich mich im Bus besser umschauen und traute meinen Augen kaum. Die Arbeitsfläche der Bar aus Granit, eine Kücheninsel in Eiche. Schwarzer Kunststeinboden und die Wände aus schwarzem Glas. Hinten eine Sauna aus hellem Holz. Auf dem Servierwagen eine Batterie teurer Flaschen und Gläser. Es fuhren auch Mädchen mit, denen ich heimlich nachschaute.

Während der Fahrt ließ Matriosh-K Underground-Techno und Gangsta-Rap aus dem Reich laufen. Obwohl er den Eindruck sorgloser Trägheit machte, arbeitete er in Wirklichkeit wie besessen und liebte seinen Job. Über seinen Gürtel schwappte ein größerer Bauch als bei mir.

Der Tourbus wurde von den Reichsteufeln durchs Land begleitet. Offiziell waren die Mitglieder dieser Motorradgang auf den Spuren der Slawenapostel Kyrill und Method unterwegs, obwohl sie meiner Meinung nach nicht den leisesten Schimmer hatten, was die beiden getrieben hatten, woher sie gekommen waren und warum. Die Horde sah aus wie eine Cyberpunk-Prozession auf der Flucht aus einem sibirischen Straflager, die unterwegs einen Suzuki-Händler ausgeraubt hatte. Über die Scheinwerfer hatten sie sich Porträts von Anführer-Vater und Anführer-Sohn gehängt.

Auf dem ersten Teil der Route setzte sich sogar Valys auf eins der Motorräder. Er fuhr zwanzig Kilometer an der Spitze des Pelotons, zusammengesetzt aus bekannten Gesichtern der Unterwelt, Fußball-Hooligans und

Schlägertypen. In Kúkav wurden sie auf einem Festempfang vom Botschafter des Reichs und dem *Matica*-Vorsitzenden willkommen geheißen. Dann wechselten sie in die Nationalgalerie, wo sie eine Ausstellung mit ungarischer Gegenwartskunst kurz und klein schlugen.

In den Kurorten, die gern von arabischen Familien besucht wurden, trommelten wir besorgte Bürger mit ihren Hunden zusammen. Wir rieten ihnen, im Park nicht die Exkremente ihrer Lieblinge aufzusammeln. Denn da Muslime keine Hunde mochten, würden sie dann vermutlich nicht mehr dort hingehen. Valys ließ seine Bestien direkt vor ein türkisches Restaurant kacken. Wir filmten die Aktion und verbreiteten die Videos mit Unterstützung der Zentrale auf viralem Weg.

Der Monat mit der Vaterland Crew powerte mich völlig aus. So viel Wodka habe ich in meinem ganzen Leben nicht getrunken. Dabei hätte ich einen Bogen um Alkohol machen müssen. Die unerwartet angenehme und ungezwungene Atmosphäre hatte mir jedoch Mut gemacht.

Zusammen mit dem Trio kippte ich gleich morgens ein, zwei Schnäpse. Und als Bremse Krimsekt auf Eis. Es fanden sich auch allerlei Leckerbissen. Am besten schmeckte mir Kaviar. Wodka und Champagner flossen in Strömen. Die Männer von Vaterland konnten unglaubliche Mengen verdrücken. Sogar ihren Kater kurierten sie mit Alk.

Das Trolling erledigte ich vom Tablet aus. Lange Anfahrt zur nächsten Stadt. Ins Hotel. Tonprobe. Pressekonferenz. Provokation. Abendessen. Konzert. Party. Kurze Schlafphase.

Über die Gedankenwelt von Vaterland konnte ich nicht aufhören zu staunen. Die Männer behaupteten, gegen Korruption zu kämpfen, gleichzeitig priesen sie Anführer-Vater und Anführer-Sohn, die größten Gauner der neuzeitlichen Geschichte. Sie hassten die USA, bedienten sich aber unverhohlen beim dortigen Stil. Hinter allem sahen sie eine Verschwörung, aber sich selbst verstanden sie als unabhängig. Korrumpiertere Künstler hätte ich mir nicht vorstellen können.

Ich wachte müder auf, als ich beim Schlafengehen gewesen war. Ich öffnete die Augen. Auf dem Boden lagen Pumps, die sich ein Groupie erleichtert von den Füßen gekickt und vergessen hatte. Mein ganzer Körper tat weh. Die Bandmitglieder und meine Kollegen lachten schon wieder, wippten im Rhythmus, unterhielten sich, tranken, stießen mit Gläsern und Flaschen an, bereiteten die nächste Show vor, die nächste Provokation. Ich verspürte keinerlei Zugehörigkeit zu ihnen, schützte aber Kollektivgeist vor.

Mit an Bord war auch ein Sternekoch. In meinem Leben hatte es mir noch nie so gut geschmeckt. Wenn mir nicht gerade übel war, genoss ich Spezialitäten und Desserts aus dem Reich.

Die Tournee kostete Unsummen. Valys schloss sich uns noch ein paar Mal an. Er lobte mich des Öfteren und übertrug mir immer mehr und vielfältigere Aufgaben.

Während der Reise machten wir aus dem Unbekannten Soldaten mit Pauken und Trompeten einen Rotarmisten. Das Grab ließen wir pompös mit Reichsflaggen schmücken. Wir trieben Veteranen des Hybridkriegs, Rezitatoren und sogar Schulmädchen mit roten Nelken auf.

Der Botschafter hielt eine Rede: Alle slawischen Flüsse fließen ins panslawische Meer. Slawisch in seinem Verständnis bedeutete ausschließlich serbisch, russisch, tschechisch und slowakisch. Von Kroaten, Polen oder gar Kaschuben war keine Rede. Es ertönte die Anführer-Hymne. Die Kinder überreichten den Veteranen Blumen. Auch der Parlamentspräsident war gekommen, Tränen flossen, und zwei Tage wurde über nichts anderes geschrieben.

Ein paar kritische Historiker protestierten, aber wer in Osteuropa hörte schon auf Wissenschaftler? Außerdem fanden Valys und ich sofort Akademiker, die den Medien verkündeten, was wir ihnen diktiert hatten. Die alten Strukturen arbeiteten bereitwillig mit für die Möglichkeit, sich sichtbar zu machen und einen bescheidenen Obolus zu verdienen.

Zum *Monat der Kultur des Reiches* gehörte auch eine Ikonenausstellung im Kunsthaus. Lesungen von Märchen aus dem Reich durch bekannte Schauspieler in Kindergärten. Ein Schulkonzert im Haus der Gewerkschaften mit einer leidenschaftlichen Ansprache unseres Philosophen.

Derschimorda absolvierte eine Vortragsreihe in Kulturhäusern der Regionen mit dem höchsten Roma-Bevölkerungsanteil. Der Mönch Seine Hochwohlgeboren Jewgeni Semjonow las vor einem Einkaufszentrum, in seine Kutte gehüllt, eine Messe und eröffnete die Nationale Wallfahrt gegen Abtreibungen.

Die Nationale Heimwehr unseres Philosophen unterrichtete an Sekundarschulen Kampfkünste des Reichs und MP-Schießen. Im Netz lancierten wir eine Petition für die Wiedereinführung von Zivilverteidigungsübungen.

Die Gehirnwäsche betraf auch gebildete Menschen. Auf einem Militärfriedhof hielt sogar Professor Keinerlei eine Rede. Seine Ansprache hätte von mir geschrieben sein können. Hatte Valys ihn bezahlt? Oder hielt er den Vortrag etwa kostenlos? Ich kannte die Antwort nicht, wollte es aber auch lieber nicht so genau wissen.

Eine gute Nachricht versetzte Valys in Begeisterung: Informationen aus der Zentrale würden ab sofort von der öffentlich-rechtlichen Presseagentur übernommen!

Es war ihm gelungen, den Vertrag abzuschließen, um den er sich mehr als ein Jahr lang bemüht hatte.

Was ich mir aus den Fingern sog, würde ab sofort als offizieller Standpunkt gelten.

»Die Maschinisierung des alltäglichen Denkens normalisiert auf überraschende Weise die Psyche des Proletariats ... Sie verunmöglicht individuelles Denken ... Äußerungen des mechanisierten Kollektivismus sind jeder Individualität dermaßen fremd, sind dermaßen anonym, dass sich die Bewegung des Kollektivs der Bewegung von Dingen annähert, als gäbe es kein individuelles menschliches Antlitz mehr, sondern nur noch identische normalisierte Schritte, nur noch ausdruckslose Gesichter ... Emotionen, weder nach Geschrei noch Gelächter gemessen, sondern mit Manometer und Taxameter.«

ALEXEJ KAPITONOWITSCH GASTEW, DICHTER,
LEITER DES SOWJETISCHEN ZENTRALINSTITUTS FÜR ARBEIT,
THEORETIKER DES PROLETKULTS, 1939 VON DER
GEHEIMPOLIZEI IN EINEM MOSKAUER VORORT ERMORDET

Auch während der Reise und im Vollrausch hatte ich bemerkt, dass wir es im Netz neuerdings mit einer starken Opponentin zu tun bekommen hatten. Eine junge Frau – obwohl es sich tatsächlich auch um einen Greis oder eine organisierte Gruppe handeln konnte. Über die Betreffende hatten wir jedenfalls bisher nichts herausfinden können.

Rasch erregte sie große Aufmerksamkeit. Sie postete raffinierte Selfies, zeigte aber niemals ihr Gesicht. Klein und zerzaust, die Haare standen ihr zu beiden Seiten des Kopfes ab. Die gebückte Haltung deutete darauf hin, dass sie größeren Wert darauf legte, ihre Reize zu verbergen als sie hervorzuheben.

Auf BlockFake lud sie Nachrichten aus der Zentrale hoch. Die Screenshots versah sie mit kurzen Kommentaren. Sie erläuterte Ungereimtheiten, deckte Lügen auf und wies auf Manipulationen hin. Warnte vor Propaganda. Vieles, was sie schrieb, hatte sie offensichtlich durch das Beobachten der Arbeit von Trollen gelernt. Sie versuchte, was viele Wagemutige schon versucht hatten.

Sie provozierte uns zum Gegenangriff. Wir hielten

andere für wahnsinnig, es mit einer Trollarmee aufzunehmen, und doch ließen sich viele nicht davon abbringen. Mit bloßen Händen stellten sie sich uns entgegen, auch Frauen und kleine Jungen. Angestachelt von einer raffinierten jungen Frau stürzten sie sich mit Verve in den Kampf gegen eine x-fache Übermacht.

Trolle hassten Widersacher und Kritiker. Sie reagierten auf sie, als hätten sie einen Stromschlag bekommen. Sie griffen sofort an, wetteiferten sogar, wer das auserwählte Opfer zuerst vernichten würde.

Widerstand schien völlig zwecklos. Trolle konnte nichts aufhalten. Wie ein Naturelement setzte sich das Ganze in Bewegung und beherrschte die Situation spielend leicht. Die Armee stürzte sich auf ihren Feind. Widersacher wurden von einer Maschinerie zermalmt, die sie selbst in Gang gesetzt hatten.

Die Frau sagte nichts Neues. Sie gab den Ratschlag, nicht jedem vordergründigen vulgären und boulevardesken Mist auf Facebook zu glauben. Informationen zu überprüfen. Den gesunden Menschenverstand zu gebrauchen. Nicht paranoid zu werden. Sich klarzumachen, dass Propaganda anderen Gesetzmäßigkeiten und Regeln folgte als die reguläre Berichterstattung. Artikel tatsächlich zu lesen, sich nicht mit einer Überschrift, einem Teaser, einem Bild oder Video zufriedenzugeben. Gründlicher nachzufragen als früher. Mehrere Quellen zu verfolgen und zu überprüfen. Sich nicht in seiner Filterblase abzukapseln.

Nett. Wenn nur ihre Ratschläge jemand befolgen würde.

Wir gingen gegen die Unbekannte routiniert und gefühllos vor. Verunstalteten ihr Bild. Rissen ihr Renommee in Stücke. Aus den paar verfügbaren Fotos bastelten wir die Collage einer bezahlten Presstitute, eines frigiden Hascherls, einer verkrachten Feministin und einer entnationalisierten Multikulti-Kuh.

Die Frau hörte nicht auf.

Wir legten einen Zahn zu. In unseren Postings war sie nun eine Faschistin. Ein Neonazi. Ein Spitzel. Eine Agentin. Eine heimtückische Vaterlandsverräterin. Eine billige Nutte.

Nach wie vor bezeichneten wir andere als Extremisten, ansonsten wären wir aufgefallen. Wir stellten die Begriffe auf den Kopf. Trolle zu kritisieren, so erweckten wir den Anschein, war ein Verbrechen oder eine fixe Idee, eine Krankheit, eine regelrechte Perversion. Wer gegen uns war, stellte sich auch gegen die Nation. Wir verwirrten die Leute, vergrößerten Chaos und Angst und stilisierten uns dann zu Rettern. Je schlimmer, desto besser für uns Trolle.

Es reichte nicht. Die Frau ließ sich nicht kirre machen, es schien, als wäre sie sich des Heeres gar nicht bewusst, das ihr entgegenstand. Sie setzte sich zur Wehr, postete ehrenvoll weiter, lernte dazu und wurde immer besser.

Sie organisierte Online-Wettbewerbe: *Größte Falschmeldung des Monats* und *Lüge des Jahres*. Die Öffentlichkeit wurde in die Abstimmung einbezogen. Mein Posting über die polnische Politikerin Milena siegte im ersten Jahrgang ...

Angesichts der ungünstigen Entwicklung änderten wir die Strategie leicht ab. Wir verbreiteten die Meldung, dass es bezahlte Trolle gar nicht gebe, dass es sich dabei um eine Ente handele.

Wir stachelten die junge Frau nur umso stärker auf. Immer mehr schlossen sich ihr an. Beide Seiten rekrutierten Freiwillige. Es kam zu harten Zusammenstößen. Die Konfrontationen zwischen den unversöhnlichen Lagern spitzten sich zu.

Wir drohten unserer Opponentin.

Wir schickten die erste geschmacklose E-Mail an sie. Die zehnte. Die hundertste. Und es wurden immer mehr. Johanna und ich organisierten einen internationalen Shitstorm, der ihren Server überflutete.

Valys forderte eine noch härtere Gangart. Er nahm ihre Provokationen persönlich. Sein Blutdurst war geweckt. Er verlangte, dass wir der Frau per Post ein Projektil schicken. Dass vor ihrem Fenster Militärdrohnen kreisen. Er wollte, dass ihr in einem Paket der abgeschnittene Kopf eines Rehs zugesandt würde. Aber ums Verrecken konnten wir sie nicht ausfindig machen. Sie war wie vom Erdboden verschluckt.

Wir drohten, und wussten dabei nicht einmal, wem.

Ich will Dir nicht schildern, welchen Einfluss die vier Jahre auf meine Seele, meinen Glauben, meinen Geist und mein Herz hatten. Das würde allzu lange dauern. Aber dass ich mich fortwährend in mein Innerstes gekehrt habe, wohin ich vor der bitteren Wirklichkeit geflohen war, trug Früchte. Ich habe jetzt viele derartige Sehnsüchte und Hoffnungen, von denen ich bisher nicht die leiseste Ahnung hatte.

FJODOR DOSTOJEWSKI ÜBER SEINE VERBANNUNG
IN EINEM BRIEF AN DEN BRUDER, 22. FEBRUAR 1854

Endlich war es so weit. Ich ging vorsichtig zu Werke. Im entscheidenden Moment bloß nicht die Besonnenheit verlieren oder einen Fehler machen.

Ich sprach mit Valys und erzählte ihm, was ich mit Johanna verabredet hatte. Ich legte jedes Wort auf die Goldwaage. Wusste, dass alles gegen mich verwendet werden konnte.

Er hörte mir aufmerksam zu. Die Nachricht nahm er gefasst auf. Er stellte mir ein paar Fragen. Ich versuchte, einige Fakten genauer zu erläutern. Skizzierte meine Befürchtungen. Verheimlichte nicht, wie enttäuscht ich von meiner Freundin sei. Mein Bericht bewegte sich auf der Ebene von Verdächtigungen und Vermutungen. Ich behauptete nicht, alles Gesagte beweisen zu können. Valys äußerte sein Verständnis und deutete zum Abschluss an, dass ich, falls das alles stimme, meine Loyalität beweisen müsse. Er ließ sich deutlich anmerken, dass er auch mich verdächtigte.

Ich ging zurück in den Saal und setzte mich wieder an den Rechner. Von nun an müsste ich improvisieren. Dem Plan fehlte die Fortsetzung. Ich versuchte es mit ein bisschen Trolling, brachte aber nichts zustande.

Ich sah Johanna an. Schon ihre Körperhaltung strahlte Trotz aus. Der Monitor tauchte Gesicht und

Haare in ein weiches Licht. Die Augen glänzten vor Unausgeschlafenheit.

Aus lauter Nervosität konnte ich mich nicht konzentrieren. Die Reaktion kam schneller, als ich gedacht hätte. Zuerst hörte man ein Rumpeln. Dann Fußgetrappel. Krachend flog die Tür auf. Die Halle war plötzlich von Menschen und Stimmen überflutet.

In voller Montur war eine Sondereinheit zur Niederschlagung von Demonstrationen oder Gefängnisrevolten ins Gebäude eingedrungen. Die brutale Truppe kannte jeder im Land, und viele hatten Angst vor ihr. Sie war noch von Anführer-Vater zur Eliminierung seiner Widersacher begründet worden.

Vielleicht zwölf von ihnen kamen hereingestürmt. Die Tür ließen sie sperrangelweit offen. Sie richteten ihre MPs auf die Trolle.

»Keine Bewegung! Hände hoch!«

Alle gehorchten wir. Mein Herz klopfte. Fasziniert sah ich zu, wie die Soldaten blitzschnell überall waren. Im Raum herrschte Grabesstille. Keiner rührte sich. Valys zeigte auf Johanna.

Auf den entscheidenden Moment hatte ich mich lange vorbereitet. Und trotzdem wurde mir vor Entsetzen einen Augenblick lang schwarz vor Augen, als wäre ich nach einem komplett auf dem Sofa verbrachten Tag mit einem Ruck aufgestanden. Zuerst hatte ich den Eindruck, dass der Chef auch auf mich zeigte. Nein.

Johanna wurde von vier Leuten abgeführt. Sie trugen sie wortwörtlich hinaus. Verpassten ihr Handschellen. Offenbar hatte das Metall ihr die Haut aufgeritzt, und sie wand sich. Einer der Männer schlug sie und schrie, sie solle den Befehlen gehorchen. Sie wankte, richtete sich aber gleich wieder auf. Über ihre Wange rann Blut.

»Verräterin!«, keuchte Valys.

Wer wäre der Nächste? Wann würden sie mich holen? Ich krallte mir die Fingernägel in die Handflächen, bis die Haut aufgerissen war.

Die Verhaftung war rasend schnell gegangen. Geschockt, wie ich war, konnte ich mich nicht von der Stelle rühren. Das durch mich in Gang gesetzte Geschehen hatte ich wie in Trance durchlebt.

Konzentration! Denken, tief durchatmen, nur so könnte ich Abstand wahren zwischen mir und dem überwältigenden Grauen.

Die Trolle drängten sich an die Fenster. Johanna schwieg voller Stolz. Sie fing erst an zu schreien, als sie sie in die grüne Minna luden.

»Ich habe keine Angst vor der Haft. Wenn ich überlebe, werde ich Zeugnis ablegen. Ich bin entschlossen, ...«

Mehr schaffte sie nicht. Sie hatte noch mal eine aufs Maul gekriegt.

Laut Plan hätte ich versuchen sollen, die Verhaftung aufzuzeichnen. Ich stand reglos da. Schweigend schaute ich zu, wie ich den einzigen mir nahe stehenden Menschen auf der Welt verlor.

Noch nie zuvor hatte ich so viele Leute schweigen gehört.

Valys gab die Anweisung zum Trolling. Wir sollten Johanna ohne das leiseste Bedauern massakrieren.

Der Befehl gab den Trollen Mut und Wut. Man hörte Schreie, es herrschte ein empörtes Aufleben. Die geeinte Gruppe stürzte sich in eine ausgedehnte Attacke.

Auch Askold und ich erfüllten unseren Part. Blitzschnell hatten wir Johanna für die Suchmaschinen und sozialen Netzwerke gelabelt: im Inland #pfuijohanna, im Ausland #shameonjohanna. Andere Projekte wurden vorübergehend auf Eis gelegt.

Unsere Darstellungen waren unglaublich niederträchtig. Ich war verblüfft, wie leicht mir das Schreiben von der Hand ging. Zum ersten Mal kannte ich mein Opfer ganz genau.

Entsetzliche Fotos von Johanna kursierten schon bald im Netz, ergänzt um Aussagen, die sie nie getätigt hatte. Wer würde das nachprüfen?

Die grafische Aufbereitung war furchtbar, die Reichweite außerordentlich.

Mit gefletschten Zähnen wünschte sich Johanna noch ein paar Millionen Geflüchtete mehr in Europa. Mit dümmlichem Gesichtsausdruck unterstützte sie einen Angriff des Islamischen Staates auf das Reich. Mit fiebrigem Blick rief sie zur Umwandlung aller Mitbürger in Conchita Wurst auf. Nur mit einem Bikini bekleidet, gab sie ihre Geschlechtsumwandlung zu. Offen verkündete sie, ihr Heimatland, das Reich und alle Heterosexuellen zu hassen.

Askold kopierte mehrere Davidsterne in die Fotos und platzierte sie geschickt auf Hals und T-Shirt. Er postete ein gefaktes Interview über ihre innige Beziehung zum Judentum und zum Siedlungsbau in den besetzten Gebieten. Für die eingeheimsten Dollars würde sie sich an Ort und Stelle eine Villa kaufen, aus der eine kinderreiche palästinensische Familie vertrieben worden war.

In der nächsten Statusmeldung berief ich mich auf das Interview, achtzig andere ebenfalls, und wir posteten es in Hunderten von Profilen auf einmal. Wir fluteten das Netz mit Schauermärchen über ihren Reichtum, der auf Geheimkonten deponiert war. Wir bezeichneten sie nur noch als Transgender-Zionistin Johanna.

Es folgte das standardmäßige Echo. Idiotische Seiten publizierten die Inhalte begeistert als Intro. Für eine anständige Verbreitung sorgte ein Kollektiv von Fanatikern. Von einem Erfolg konnte allerdings nicht die Rede sein.

Wenn nötig, beschmeißen wir uns gegenseitig mit dem übelsten Dreck. Denk daran zurück, wie du mich in den allerschlimmsten Zuständen erlebt hast, das wird dir noch helfen.

In den Tiefen der Festplatte fand ich zwei, drei Aufnahmen aus dem Altstädter Krankenhaus. Johannas Krisen. Nicht eines der Fotos hatte ich gemacht, sondern andere Patienten. Die Bilder hatte sie für einen besonderen Anlass aufbewahrt.

Dunkelrote, schaumbedeckte Mundschleimhaut, Blut

in den Nasenlöchern, fettige Haare, die auf Schultern und Brustkorb herabhingen, Augen mit geweiteten Pupillen.

Eine furchtbare Aufnahme. Die zahlreichen Einstiche an den Armen und die schwarzen Blutergüsse vergrößerte ich mit Askold und markierte sie mit roten Kreisen und Pfeilen. Unter das Bild schrieb ich ... Keine Ahnung, wo ich den ganzen Dreck in mir zutage förderte.

Beim ersten Eintippen von #junkiejohanna #dealer #nutte #vaterlandsverräterin in Verbindung mit ihrem Namen zerbrach etwas in mir. Ich wusste nicht, ob ich lachen oder weinen sollte.

Das Posting verzeichnete außerordentlich hohe Zugriffszahlen. Aber es stieß auch auf ungeahnte Ablehnung und Abscheu.

Valys lobte mich vor der gesamten Zentrale. Er stand aufrecht da, trübsinnig, in einer Lederjacke, die lebendigen Augen hinter einer verspiegelten Brille versteckt. Er hob meine Aktion hervor und verlieh seinem Glauben Ausdruck, dass sich in der Zentrale nie wieder etwas Ähnliches wiederholen würde. Johanna beschimpfte er mit unerhörten Worten und verheimlichte seine Enttäuschung nicht. Er hatte so viele Hoffnungen in sie gesetzt! Sie für ein großes Talent gehalten.

Die Kollegen erfuhren, wer sie denunziert und wer das einzigartige Material veröffentliche hatte. Im Raum brandeten Ovationen auf. Die Trolle drehten sich über die Rückenlehnen ihrer Stühle zu mir um, lächelten, winkten. Mehrere dankten mir, dass ich die Gefahr abgewendet und das Richtige für mich und auch für den Staat getan hatte. Sie bezeichneten mich sogar als Helden!

Valys forderte mich auf, eine kurze Ansprache zu halten, aber mir war nicht nach Reden zumute.

»Ich habe nur meine Pflicht getan. An meiner Stelle hätte das jeder genauso gemacht«, antwortete ich und setzte mich.

Alle glaubten, dass ich mit übertriebener Bescheidenheit sprach.

Derschimorda schrieb zum ersten Mal einen Blogeintrag zu einem anderen Thema als den Roma und das zum ersten Mal komplett mit aktivierter Umschalttaste. Die Roma hatte sie durch Johanna ersetzt. Ein kurzer, aber echt scheußlicher Text.

Unser Philosoph verkündete öffentlich, dass er mich bewundere. Er würde mir seinen in Vorbereitung befindlichen zweiten Trolling-Sammelband widmen. Ich lehnte dankend ab; andere, zum Beispiel Berdjajew, hätten solch eine rare Widmung viel mehr verdient.

Lisaweta gab zu, dass sie ernüchtert sei, sie hätte Johanna gemocht, aber Verrat sei unverzeihlich. Ich schüttelte nur den Kopf und strich ihr über die Schulter.

Ich konnte es kaum noch erwarten, aus der Zentrale hinauszukommen. Um nicht verrückt zu werden, konzentrierte ich mich auf die letzten Anhaltspunkte, die mir noch geblieben waren.

Der Plan geht weiter. Wir werden Verrat vortäuschen,

behaupten, dass wir uns hassen. Uns auf unappetitlichste Weise fertig machen.

Endlich kam ich nach Hause.

Mutter schlief ganz ruhig. Ich konnte an Schlaf nicht einmal denken. Ich sah aus dem Fenster. Dachte nach, wo Johanna war. Wandte den Blick nach oben. Der Vollmond hing tief, und die Sterne strahlten. Der Himmel schien zum Greifen nah.

»Der Mensch ist in unserer hinterhältigen Zeit Tyrann, Verräter oder Häftling.«

ALEXANDER PUSCHKIN

Am Morgen im Bad stellte ich fest, dass ich graue Haare bekam. Der einsamste Sonnenaufgang seit dem Verschwinden meines Bruders.

In der Zentrale taten wie üblich alle, als wäre nichts gewesen. Niemand erwähnte das Vorkommnis auch nur mit einem Wörtchen. Die Kollegen tippten eifrig mit zehn Fingern. Auch ich tat so, als sei alles wie immer. Mit voller Kraft stürzte ich mich in die Arbeit.

Gegen neun brach die stärkste Stunde im vormittäglichen Internet an. Entscheidend war die Geschwindigkeit. Aber noch ehe ich den einleitenden Kommentar fertig hatte, poppte Johannas erster Blogeintrag nach ihrer Verhaftung auf. Sie gab bekannt, was wir garantiert über sie veröffentlichen würden. Sie hatte es ziemlich genau getroffen.

Grafisch furchtbar aufbereitete entsetzliche Fotos, ergänzt um Aussagen, die sie nie getätigt hatte. Mit gefletschten Zähnen wünschte sie sich noch ein paar Millionen Geflüchtete mehr in Europa. Mit dümmlichem Gesichtsausdruck unterstützte sie einen Angriff des Islamischen Staates auf das Reich. Mit erregtem Blick rief sie zur Umwandlung aller Mitbürger in Lesben und Schwule auf. Sie bestätigte ihre Geschlechtsumwandlung und bekannte sich zum militanten Zionismus.

Nicht einmal ein Foto von ihr auf Entzug fehlte. Sie hatte ein anderes ausgewählt, das aber nicht weniger grässlich war. Die Einstiche an den Armen hatte sie mit blauen Pfeilen markiert, und den Text über Nutte und Junkie schrieb sie weniger brutal.

Ihr erster Versuch ging auf. Der Blog wurde zur meistgelesenen Website des Tages. Die Unterlagen hatte sie sich auf das Sorgfältigste vorbereitet. Das Auto-Publishing hatte sie präzise getimt.

Die Medien stürzten sich auf die Nachricht. Umgehend erschienen Übersetzungen in mehrere Sprachen. Der Chef äußerte sich für ein Nachrichtenportal ziemlich dumm in dem Sinne, dass wir Opfer einer hinterhältigen zionistischen Kampagne geworden seien.

Johanna hatte Valys und Askold perfekt verwirrt, sie waren nahezu desorientiert. Ihre dunklen Instinkte, ihre sensiblen Fühler, die ihnen immer fehlerlos gedient hatten, funktionierten plötzlich nicht mehr. Zum ersten Mal in ihrer beruflichen Karriere. Wie wenn ein hochempfindliches Gerät in ein Magnetfeld gelangt und alle Zeiger anfangen, wie verrückt auszuschlagen.

Ich wusste, wie Angst aussah. Valys hatte einen Schreck bekommen. Endlich.

※

Valys, Askold, Trolle, Kolleginnen und Kollegen!

In den zurückliegenden Stunden habt ihr beschlossen, mich zu vernichten. Erst mein Renommee, später vielleicht meine Existenz. Das ist euch nicht gelungen. Vorerst. Ihr könnt mich in den Knast stecken oder in ein Lager verschleppen, aber nicht zum Schweigen bringen. Auch hinter Gittern arbeitet das Netz für mich.

Den Menschen habt ihr bereits in der Hand, aber ich bin in diesem Moment vor allem eine Idee. Euer Alptraum. Eines Individuums könnt ihr spielend leicht habhaft werden, aber versucht das mal mit einer Idee!

Ich habe keine Angst vor Haft oder Lagern. Ich habe mir in meiner Jugend selbst mehr geschadet, als ihr es euch vorstellen könnt. Es tut mir leid, dass ich das nicht ungeschehen machen kann, aber ich habe meine Lehren gezogen. Mit Schmerz könnt ihr mich nicht abschrecken.

Und ihr könnt mich auch nicht beleidigen. Beleidigen kann mich nur jemand, den ich wertschätze.

Kommt zu euch! Ihr bewegt euch nicht mehr in der mythischen Märchenwelt eurer Follower, die die Realität mit einem Fantasy-Roman verwechseln, weil ihre eigenen Leben komplett vermasselt sind und sie einen Ausweg oder einen Schuldigen suchen.

Ihr sitzt nicht auf der Domäne eurer imaginären unfehlbaren Wahrheiten. Mich beeindruckt ihr nicht mit Rebellenimage, Muskeln und erfundenen Aussprüchen von Berdjajew, den ihr überhaupt nicht kapiert und - davon gehe ich aus - abgesehen von den Wikipedia-Zitaten nicht einmal gelesen habt.

Hört auf, unter euren digitalen Gefährten eure Lieblingsrolle zu spielen: die des Opfers. Ihr seid durchaus keine Opfer der Umstände, geschweige denn von Angriffen oder Verschwörungen. Ihr tragt die Verantwortung für den Unfug, den ihr veröffentlicht und von dem ihr und eure Geldgeber profitieren. Ihr macht einen auf Rebellen, dabei seid ihr die Verkörperung von Konformismus, Denkfaulheit, Revanchismus und Angst. Ihr verdient daran, dass Leute dumm, ungebildet und intolerant sind - statt in eurem ganzen Leben auch nur einen Finger gegen die Übel unserer Gesellschaft krumm zu machen.

Ihr stilisiert euch zu einer neuen, diskriminierten Subkultur, und dabei seid ihr konventioneller Mainstream. Ihr habt Verschwörungstheorien salonfähig gemacht. Das ist euch gelungen. Ein trauriger Sieg. Euch dazu zu gratulieren, ist nicht meine Absicht.

Eure Geschäftsgrundlage sind erfundene Meldungen, Konspirationen und die niedersten menschlichen Instinkte, die in Krisenzeiten immer reichlich gedeihen: Neid, Hass und der Drang, einen Feind zu finden, Antisemitismus und Rassismus. All diese dunklen Tendenzen gieren seit jeher nach Anlässen - und ihr bietet sie.

Glaubt mir, ich bin kein bisschen neidisch auf euch. Ich fände es widerlich, auch nur einen Cent mit euren hasserfüllten und feigen Methoden zu gewinnen, ich käme mir dabei vor wie eine Schurkin. Ich schicke euch sämtliches Geld zurück, das ich in der Zentrale verdient habe. Es ist bereits auf euer Konto überwiesen.

Intelligente Leute machen sich entweder über euch lustig oder ignorieren euch, was euch natürlich frustriert. Kein normaler Mensch nimmt euch ernst. Und deshalb geht ihr aus Verzweiflung sogar schon auf Persönlichkeiten los wie Václav Havel. Das ist wirklich unerhört. Auch wenn ich vielleicht einige seiner Ansichten nicht teile und auch seine Fehler sehe, halte ich doch jedes Theaterstück, jeden Essay von ihm für unvergleichlich wertvoller und wichtiger für die Entwicklung des mitteleuropäischen Denkens als die gesammelten Trolling-Werke und sämtliche Blogs der Zentrale zusammen.

Ständig behauptet ihr, immer wieder verboten zu werden, aber Havel wurde im Unterschied zu euch für seine kompromisslose Haltung und seine bürgerliche Abstammung tatsächlich vierzig Jahre lang von einem Regime abgestraft, das ähnlich Angst verbreitet hat, wie ihr es tut, nur in Rot, wohingegen ihr gefährlich in Richtung Braun driftet. Fast sechs Jahre hat er gesessen. Allein seine Samisdat-Schriften haben mehr sinnvolle Themen angeschnitten als euer jahrelanges obsessives Pseudophilosophieren. Ich erinnere nur an einen Satz: »Solange das Leben in Lüge nicht mit dem Leben in Wahrheit konfrontiert wird, gibt es keine Perspektive, die seine Verlogenheit enthüllen könnte.« Als hätte er das über euch und eure Strategie geschrieben.

Ihr lügt, dass sich die Balken biegen. Und was man ohne Beweise behaupten darf, das darf man auch ohne Beweise vom Tisch fegen.

Die Freiheit, die ihr geschenkt bekommen habt, missbraucht ihr zur Verbreitung gefährlicher Lügen, um bei Leuten abzukassieren, die unsere komplizierte Welt nicht verstehen oder nicht verstehen wollen. Sie haben euch gefunden und eine neue Trivialität, die in jeder erdenklichen Weise versucht, kompliziert, geheimnisvoll und zensiert daherzukommen. Doch ein denkender Mensch deckt euer Spiel sofort auf. Ihr seid leicht vorhersehbar.

Vor ein paar Jahren habt ihr gelernt, die Kraft der neuen Medien zu nutzen, und euch von ihrer Macht berauschen lassen. Natürlich liege ich euch schwer im Magen. Ein Blogeintrag genügt, damit eure ganze mühsam aufgebaute Konstruktion über die von Zionisten bezahlte, vom Nonprofit-Bereich manipulierte, genderverwirrte und käufliche Junkie-Hure Johanna in sich zusammenfällt wie ein Kartenhaus.

Trolle, ihr habt gelernt, zu hassen und niemandem zu vertrauen. Ihr redet nicht von den Dingen, auf die es ankommt. Ihr schweigt, haltet hartnäckig an euren krankhaften Methoden fest, die ihr als Geschicklichkeit oder gar Vorzug seht.

Ihr und das Reich, das System, das ihr verkörpert, ihr habt in allen Bereichen triumphiert – außer in einem: der Sprache. Die Sprache zu vernichten, das habt ihr nicht geschafft, obwohl ihr das sehr gern getan hättet.

Worte sind mir als einzige Waffe geblieben.

Ich protestiere gegen Irrationalität und Paranoia. Ich rufe dazu auf, sich Chaos und Nihilismus zu widersetzen. Ich widerrufe alles, was ich in der Zentrale geschrieben habe, und entschuldige mich bei allen, die ich verletzt habe. Sie mögen mir bitte verzeihen, denn ich selbst kann mir nicht verzeihen. Abgesehen vom Tod kann man alles widerrufen. Die zwei schrecklichen und grausamen Jahre meines Lebens, die ich mit euch verbracht habe, kann ich mir nicht verzeihen. Aber ich hatte keine andere Möglichkeit, euch gründlich kennenzulernen und mich euch entgegenzustellen.

Wacht auf, Kolleginnen und Kollegen. Hört auf mit dem Trolling, mit dem Lügen. Wenn ich eure Namen höre, Valys, Askold, Troll, tippe ich mir gegen die Stirn. Und schüttle den Kopf darüber, wie tief ein Mensch durch eigenes Verschulden sinken kann.

Eine Lüge ist keine andere Meinung. Eine Lüge ist eine Lüge, und man muss über sie die Wahrheit sagen.

#johanna #stoptrolling #dontfeedthetroll #blockfake

※

»Unsere Sinne, die von Kindesbeinen an so viel Unsinn aufgenommen haben, sind nicht mehr fähig, sich zu wehren, sie nehmen alles auf, nur nicht das, wovor sie sich seit jeher gehütet haben, nämlich das Wunder, mit anderen Worten, ein grundloses Ereignis ... wenngleich die Entwicklung der Welt kein bisschen natürlich verläuft. Natürlich wäre es, wenn es nichts gäbe – weder eine Welt noch eine Entwicklung.«

LEO SCHESTOW

Valys war den ganzen Vormittag außer sich. Seine Wut erfüllte die gesamte Zentrale und rumpelte, dass die Fenster klirrten. Die Trolle waren verschreckt.

Im Büro des Chefs fand ein Abteilungsleiter-Meeting statt. Von einem Rechner zum anderen überschrien wir uns, riefen uns Dinge zu, stritten miteinander. Wir redeten auf den Chef ein und forderten ihn auf, neuere und bessere Trolle zu gewinnen, mehr Mitarbeiter einzustellen, neuere Technik und IT-Unterstützung zu besorgen und finanzielle Mittel aufzutreiben.

Eine angespanntere Situation hatte ich bei der Arbeit noch nie erlebt. Valys durchbohrte jeden mit Blicken, klinkte sich ins gemeinsame Gespräch ein und erläuterte lange, wie es weitergehen solle. Er blinzelte, verständigte sich mit hochgezogenen Augenbrauen oder gespitzten Lippen. Zum Schluss beförderte er mich zum Chef des Trolling-Teams. Er bot mir die Chance, zu zeigen, was wirklich in mir steckte. Und erwartete von mir, die größte Herausforderung seit Gründung der Zentrale zu meistern.

※

Ich ging an meinen Rechner zurück, aber dem Trolling widmete ich mich kaum. Ich verfolgte Johannas Postings. Konnte mich nicht vom Monitor losreißen. Auf dem Blog erschienen über eine Auto-Publishing-Funktion ständig neue Nachrichten.

Ihr Fall hatte das Internet mobilisiert. Aktionen zur Unterstützung von Johanna gab es immer mehr, ihr Wirkungsradius wurde zusehends größer. Der Wachschutz meldete erste Proteste am Tor. Es riefen unbekannte Menschen an und fragten, was mit Johanna passiert sei, wo sie sich aufhalte und bis wann sie dort bleibe. Sie forderten die sofortige Schließung der Zentrale und die Freilassung der Unschuldigen. Vor dem Eingang standen die Journalisten Schlange.

Es genügte nun nicht mehr, unsere Widersacher als ekelhafte Gutmenschen und stinkreiche NGO-Parasiten zu bezeichnen. Johanna rief zu einer Demonstration auf, um Solidarität mit Troll-Opfern zu bekunden. Am Abend kamen achthundert Menschen auf dem Hauptplatz zusammen, am nächsten Tag bereits achttausend! Verbissen versuchten wir, den Eindruck zu erwecken, dass alle mit Bussen angekarrt worden wären und jeder für seine Teilnahme zwei Hunderter kassiert hätte, aber es half nichts.

Aus Polen kam die Politikerin Milena zu den Protesten angereist. Auf einer Versammlung erzählte sie von den Schikanen und den physischen Angriffen, die sie erlebt hatte. Auch ihr nächstes Umfeld war ins Schussfeld geraten. Sie hatte sogar daran gedacht, sich aus dem öffentlichen Leben zurückzuziehen, dann aber den Entschluss gefasst, weiterzumachen.

Ein bekannter Politikwissenschaftler erläuterte die Trolling-Praktiken an seinem eigenen Beispiel. Auf einer Videowand zeigte er Fotos von seiner gerade absolvierten Vortragsreise. Er war an jedem seiner Auftrittsorte attackiert worden, überall waren beleidigende Transparente geschwenkt, seine Ausführungen unterbrochen und der friedliche Verlauf der Veranstaltungen gestört worden, er und seine Zuschauer mussten Schmähungen über sich ergehen lassen.

Derschimorda war zu der Überzeugung gelangt, dass die Schuld an der ungünstigen Entwicklung bei den Roma liege, und widmete ihrer Verschwörung gegen die Gadschos einen Blogeintrag. Fast niemand nahm diese Hirngespinste zur Kenntnis.

※

Ich glaubte nicht, dass ein Einzelner in solchen Zeiten noch eine Bewegung auslösen konnte. Die internationale Kampagne kam immer mehr in Schwung und würde wohl weitergehen, bis Johanna wieder in Freiheit wäre.

In Gedanken hoffte ich heimlich, dass es doch noch etwas gäbe, das das entfesselte Schicksal aufhalten könnte. Aber nach dem Mittag verhafteten die Schwerbewaffneten auch Askold. In mehreren Teams verschwanden in den darauffolgenden Tagen Kollegen. Der Kommandeur ging gar nicht mehr zu Valys, sondern kam gleich zu mir. Ich zeigte auch auf unseren Philosophen und auf Derschimorda. Beide protestierten lautstark, konnten aber nichts bewirken. Ich verspürte eine gewisse Erleichterung.

Ich verbrachte ein paar Nächte ohne Schlaf. Ging gar nicht mehr nach Hause, sondern war gleich in die Zentrale gezogen. Mit letzten Kräften widmete ich mich dem Trolling und las Johannas Postings.

Ich strickte an immer neuen Hirngespinsten. Mir

war, als hätte die Lüge sich über die ganze Welt gelegt. Ich brachte meine Netzidentitäten durcheinander. Wenn ich draußen Schritte hörte, erschrak ich, dass sie jetzt auch mich abholen würden. Wer sonst sollte um diese Uhrzeit hier vorbeigehen? Ich schmiedete Pläne und verwarf sie sofort wieder. Jeden sah ich als Feind. Das Gebäude leerte sich allmählich. Bei der nächsten Razzia würde ich auf mich selbst zeigen.

Ein paar Tage später war auch Valys verschwunden. Ich wusste nicht, ob er von den Soldaten abgeholt worden oder einfach nicht zur Arbeit erschienen war.

Eine aufgebrachte Menschenmenge skandierte am Tor Anti-Troll-Losungen. Die Berichte von den Protesten beunruhigten mich immer stärker, aber ich war unfähig zu einer adäquaten Reaktion.

Im Gebäude waren jetzt außer mir nur noch die verschreckte Lisaweta und die Esoteriker übrig: Frau Betty, der alte Anatoli und Onkel Peter, der Magier. Sie boten mir ihre Dienstleistungen als Heiler an und versprachen, dass ich mit ihnen wieder auf den Damm käme, sie würden mir sogar kostenfrei helfen. Sie wollten unbedingt die ganze Welt heilen.

Ich schickte sie nach Hause. Sie sträubten sich, hatten Angst, in die normale Welt zurückzukehren, also schmiss ich sie raus.

⚹

Mit dem Schreiben des Buches begann ich in der bedrückendsten Zeit der Tyrannei, die 200 Millionen Menschen knechtete, in einem Gefängnis, das »politische Isolierstation« genannt wurde. Mein Tun verheimlichte ich. Das Manuskript versteckte ich, und gute Kräfte, sowohl menschlicher als auch nicht menschlicher Natur, verbargen es, wenn Durchsuchungen stattfanden.

Täglich rechnete ich damit, dass das Manuskript beschlagnahmt und vernichtet würde, so wie auch meine vorhergehende Arbeit vernichtet worden war, der ich zehn Jahre meines Lebens gewidmet hatte und die mich zum politischen Gefangenen gemacht hat. Ich bin schwer krank, meine Tage sind gezählt. Falls das Manuskript vernichtet werden sollte oder verloren ginge, würde ich es nicht schaffen, es noch einmal zu erstellen. Doch wenn es irgendwann einmal seinen Weg zu wenigstens ein paar Menschen findet, die ihr geistiger Hunger animiert, es bis zum Schluss und ohne Rücksicht auf alle Schwierigkeiten durchzulesen, dann werden die darin enthaltenen Gedanken zu Samenkörnchen, die in den Herzen zu keimen beginnen werden.

DANIIL ANDREJEW: DIE WELTROSE

Am Morgen schaltete ich meinen Rechner an und öffnete wie üblich im Browser die ersten zehn Fenster. Die Schlagzeilen verkündeten ein neues Video. Von mir. Ich weiß nicht, ob Johanna auch mit dieser Möglichkeit gerechnet hatte. Valys hatten wir alle beide unterschätzt.

Ich konnte ja noch verkraften zu hören, was Mutter erzählte. Bis heute kann ich mich an jedes ihrer Worte erinnern. Ihr Statement schmerzte. Sie sagte sich offiziell von mir los. Das Schloss an der Wohnungstür habe sie ausgewechselt. Ich wusste, was sie durchgemacht hatte. Übelnehmen konnte ich es ihr nicht.

Dann sah ich meinen Vater und meinen Bruder. Es überraschte mich, dass ich sie sofort erkannte. Wahrscheinlich etwas Unbewusstes, Instinktives. Seine nächsten Anverwandten waren einem angeblich auch in einer Menschenmenge noch nach vielen Jahren vertraut.

Beide sagten unglaubliche Dinge über mich. Es war die Rede von meinem unerträglichen Naturell und dem verräterischen Charakter, vom tyrannischen Kind, das seit jeher Böses getan hatte. Ich hätte es nicht verdient, Sohn und Bruder zu sein. Das Land hätten sie damals vor allem wegen mir verlassen. Aus Angst, zu was ich mich auswachsen würde. Ihre Befürchtungen hätten sich leider in schlimmster Weise erfüllt. Ursprünglich hätten sie in Erwägung gezogen, nach der Änderung der Verhältnisse zurückzukehren, aber wegen mir davon Abstand genommen. Sie hätten sich absichtlich versteckt gehalten, damit ich sie nicht finden konnte. Sie schämten sich für mich.

Mein kluger Bruder. Mein alt gewordener Vater. Noch immer konnte ich es nicht glauben. Ich ließ die kurze Szene noch einmal laufen, um mich zu überzeugen, dass ich nicht träumte.

Der Film ging weiter mit Valys und Askold. Beide versicherten Johanna ihrer vollsten Unterstützung. Sie erläuterten meine Schlüsselrolle in der Zentrale, die rabiaten Methoden, die Manipulationen der Wahrheit, die despotische Art, mit der ich die Organisation gelenkt hätte. Mit ihrem Schweigen würden sie nur ihre Beteiligung an dem Verbrechen zugeben und hätten deshalb beschlossen, sich zu Wort zu melden. Ein Einzelner könne immer noch viel bewegen. Wenn er die Wahrheit sage, gerecht handele, keine Angst habe und nicht einknicke. Das klinge einfach, es sei aber eigentlich das Schwierigste im Leben, denn nicht Worte, sondern Taten seien ausschlaggebend und unterschieden ehrliche Menschen von Verrätern. Auch sie zwei hätten einst unter dem Druck der Staatsmacht Böses getan, seien aber nun zur Wahrheit bekehrt. Die Schuld an allem trage dieser Troll. Er schränke die Redefreiheit ein. Hasse die Demokratie. Führe ein luxuriöses Leben auf Kosten der Steuerzahler. Besteche Journalisten, attackiere Minderheiten, bringe Widersacher zum Schweigen. Johanna hätte als Erste auf diese Grenzüberschreitungen hingewiesen. Möge es mehr leuchtende Vorbilder geben! Johanna lebe hoch!

Valys und Askold sprachen gemeinsam mit gedämpfter Stimme ein Gebet vor einer Marienikone. Ich starrte auf den Bildschirm, als sähe ich einen Spuk.

Meine einzige Freundin hatte die ganze Zeit befürchtet, dass Valys mich brutal mit Gefängnis oder sogar Arbeitslager bestrafen würde, aber er hatte beschlossen, mich viel effektiver zu vernichten. Er erklärte mich zum Troll.

Wir hatten uns nicht klargemacht, dass konspiratives Denken jede Art von Idee oder Ereignis verarbeitete. Das Thema spielte keine Rolle. Zusammenhänge mussten überhaupt nicht bestehen. In Valys' Welt geschah nichts einfach nur so.

Zum Schluss des Films kam auch noch die Vaterland

Crew zu Wort. Ohne die Wundersamen, die heiligen Irren würde das Reich nicht überleben.

※

Ich weiß nicht, wie viele Tage und Nächte vergangen waren. Ich saß völlig allein in der Zentrale. Vor meinen Augen sah ich nur Schlieren. Falls ich nachts überhaupt für einen Moment einschlief, wachte ich völlig verschwitzt wieder auf.

Ich wollte routiniert Nick und Passwort eingeben, konnte mich aber an keines von beiden erinnern. Erst dachte ich, ich hätte mich vertippt oder aus Versehen die russische Tastaturbelegung aktiviert.

Nein. Ich probierte es mit einer anderen Identität. Wieder nichts.

Ich versuchte, die zweite Kombination aus Buchstaben und Zahlen aus dem Gedächtnis zu fischen. Dann die dritte, vierte, zwanzigste.

Ich schaffte es nicht, die richtigen Codes einzugeben.

Ich hielt nach dem großen bunten Bildschirm Ausschau. Um mich herum war nach wie vor dasselbe, von Blinken durchstrahlte verhexte Netz. Ich überlegte, welche Richtung ich einschlagen sollte, nach links, nach rechts, vor, zurück. Ich driftete von irgendwo nach sonstwohin.

Gott weiß, was mit mir los war.

Ich konnte mich nicht ins System einloggen.

Als würde ich gleichzeitig wissen und nicht wissen, was los war.

Welchen Anmeldenamen hatte ich ganz am Anfang benutzt? Am ersten Tag? Welcher Name gehörte tatsächlich mir?

Ich sprach in die Stille laut ein paar Worte, damit ich mich daran erinnerte, wie meine Stimme klang. Schon lange hatte ich mich mit niemandem mehr unterhalten.

Johanna war auf ihrem Blog verstummt.

Ich stand vom Stuhl auf. Ging wie blind durch die Zentrale, aber auch meine Bewegungen führte ich wie auf Kommando aus, als würde ich mich mit einer Fernbedienung steuern.

Ich könnte meine Hand dafür ins Feuer legen, dass der Name anfing mit ... M G R T Z K J L A. Um nichts in der Welt konnte ich mich erinnern.

Wohin auch immer ich im Netz geriet, überall stieß ich auf Fotos von mir. Ich surfte lieber nicht weiter.

Die Trolling-Attacke hatte mich ausgeknockt. Die Operation war von gut trainierten Stoßtrupps verübt worden, die blitzschnell die Kontrolle über strategische Foren erlangt und die wichtigsten Blogs verseucht hatten. Geschmeidig und effektiv hatten sie alle neuralgischen Punkte im Internet besetzt. Der Angriff war mit chirurgischer Präzision ausgeführt worden. Die Gesellschaft hatte nicht den leisesten Schimmer, was hier wann passiert war.

Mein vom Übergewicht entstelltes Gesicht. Die hängenden Mundwinkel, die Augen mit den schweren Lidern, vor denen fettige Haarsträhnen herabhingen. Gespenstische Grimassen. Schiefe Zähne. Erfundene

Zitate. Zynische GIFs. Demotivationssprüche. Memes. Geschmacklose Witze über den Juden, den Asexuellen und den Dickwanst. Ein digitaler Flächenbrand.

Ich musste an Lisaweta denken. An die Geschichte ihres Manuskripts in der belagerten Stadt während des Hybridkriegs. Genau: die eigenen Spuren auslöschen.

※

Egal, wohin ich gehen würde, immer würde ein Scanner, eine Kamera oder ein Tablet zum Unterschreiben meine Identifikationsschlüssel erfassen. Die Algorithmen suchten sich in den Bildern sofort markante Punkte und erstellten Schablonen. Zuverlässig überprüften oder bestimmten sie die Identität einer Person in Datenbanken von Firmen, Staaten oder Netzwerken.

Mein Entschluss stand fest. An meinem eigenen Aussehen war mir überhaupt nichts gelegen. Mein größter Wunsch war es nur, Johanna noch einmal zu treffen.

Nie wieder würde ich mein Gesicht zeigen. Diese verhasste Visage. Ich würde auf alle charakteristischen Merkmale verzichten. Mich meiner Gesichtszüge entledigen. Nie wieder mit meiner eigenen Stimme sprechen.

Gesichtsform.

Finger- und Handflächenabdruck.

Handgröße.

Pupille.

Iris-Eigenschaften.
Ohrform.
Anordnung des Adergeflechts.
Stimmliche Charakteristik.
Unterschrift.
Gang.

※

Ich saß im Chefbüro und stierte auf das Porträt von Fürst Igor mit seinen Tattoos. Ich nippte an meinem Wodka und versuchte, mir an beiden Händen die Haut an den Fingerkuppen wegzuschneiden. Vor Schmerzen verlor ich das Bewusstsein. Ich schaffte es nicht mal mehr nachzudenken. Die Blutung war nicht zu stillen. Ich begriff, dass ich das alleine nicht hinkriegen würde.

Ich umwickelte meine Finger mit Handtüchern. Gegen Morgen wankte ich aus der Zentrale hinaus. Ich zitterte vor Angst. Ein bekifftes Mitglied einer Underground-Band fuhr mich zum Mainstream-Tarif mit einem Lieferwagen in eine Klinik für plastische Chirurgie.

Gegen eine unverschämte Zuzahlung durfte ich die Eingriffe anonym vornehmen lassen. Den astronomischen Preisunterschied zahlten meist nur Stars aus dem Showbiz. Die Damen an der Rezeption erkannten leider auch mich, aber gegen Geld versprachen sie, Diskretion zu wahren.

Die Schwestern versorgten meine Hände gründlich und verpassten mir eine Mörderdosis Schlafmittel.

Am nächsten Morgen wurde ich operiert. Nach der

Rekonstruktionstherapie hatte ich das Gefühl, ich hätte mir für immer Gummihandschuhe über die Finger gestreift.

Meine komplette Behaarung wurde präzise vom besten medizinischen Laser des Landes beseitigt. Für einen dauerhaften Effekt benötigte ich mindestens vier Behandlungen.

Das Kopfhaar mit seiner hohen Resistenz war besonders zeitintensiv. Für ein paar Wochen würde ich mich einer Stabilisierungsprozedur samt mehrfacher Haarwurzelresektionen unterziehen müssen. Falls ich so lange überlebte.

Unvergleichlich größere Schmerzen hatte ich bei der Verwandlung meines Gesichts. Zweimal kollabierte mein Kreislauf während des Eingriffs. Eine digitale Landkarte meiner Gesichtszüge wurde zuerst auf dem Bildschirm umgeformt. Ich wählte mir die Silhouette aus, die Facebook automatisch männlichen Usern zuteilte, wenn sie kein eigenes Profilfoto festlegten.

Der Chefarzt lieferte übermenschliche Rekonstruktionsleistungen. Zuerst setzte er einen Hautschnitt im Bereich der Schläfen und Ohrläppchen, den er dann geradeaus weiter nach unten bis zum Hals führte. Das absolut anonyme Aussehen erzielte er durch eine Kombination aus glatten Kunststoffmaterialien und Silikon. Aus der Unterhaut entfernte er das überflüssige Fett und spannte die restlichen Hautteile perfekt nach. Das fehlende Füllmaterial formte er auf der Basis von Fett aus meinem dicken Bauch und anderen Problemzonen, das er mit Stammzellen anreicherte.

Da Gesichtshaut eine einzigartige Struktur und Färbung aufweist, setzte der Mediziner auf lokale Ohrläppchenplastik. Zum Abschluss saugte er mir am Kinn noch Fett ab. Einen weiteren halben Tag erforderte die Beseitigung meines Übergewichts, die Fettabsaugung und die anspruchsvolle Plastik der Konturen und Hautlappen.

Die Operationsserie dauerte insgesamt neunzehn Stunden. Drei Tage opferte ich für meine Genesung. Ich schluckte Enzyme, die meine Schläfrigkeit verstärkten. Über den Gang im Neonlicht schlich ich wie ein Gespenst. Ich traf zwei Frauen, die Köpfe mit weißen Verbänden umwickelt wie ich. Eine hatte ein Karzinom auf die leichte Schulter genommen, deshalb hatte sie nur noch eine halbe Nase und ein Loch in der Wange. Der zweiten hatte ein Kampfhund Ober- und Unterlippe weggebissen.

Mich erwartete noch eine anspruchsvolle Kehlkopfplastik. Die Teilresektion erledigte der Arzt mit einem Laserschnitt unterhalb der Subglottis, die die Form eines umgedrehten Trichters hat und nahtlos in die Luftröhre übergeht.

Dem Experten machte die Arbeit Spaß. Ein solcher Fall war ihm noch nicht untergekommen. Patienten, insbesondere Sängerinnen, kamen zu ihm, um sich ihre Stimmen retten zu lassen, aber ich hatte beschlossen, sie zu vernichten. Ich bekam die erträumte Dysphonie. Ich sprach heiser wie ein Vocoder. Eine mutierte iPhone-Siri, enttäuscht vom Leben in Osteuropa.

Ich war guter Hoffnung, dass mich die meisten biometrischen Systeme, aber auch die Menschen nicht erkennen würden.

※

In einen Spiegel schaute ich lieber nicht. Ich ging auf die Straße. Lief mit unerwartet leichtem Schritt. Ich wog zwanzig Kilo weniger. Mein Bauch war mir nicht mehr so im Weg. Die Leute drehten sich erschreckt nach mir um, aber ich bezweifle, dass sie mich so widerlicher fanden als früher. Kinder hatten Angst vor mir, riefen mir hinterher oder lachten mich aus, was ich längst gewohnt war. Ich lächelte zurück. Mit Panik in den Augen rannten sie davon und riefen nach ihren Müttern.

Ich frohlockte. Offensichtlich wusste niemand, wer ich war. Auch meine eigene Mutter hätte mich nicht erkannt.

Ich betrat ein Sportgeschäft. Die Verkäuferin erstarrte, kaum dass ich auf der Schwelle erschienen war. Ich versicherte ihr, dass ich niemandem etwas zuleide tun würde. In der Wintersportabteilung kaufte ich mir eine schwarze Sturmhaube. Am Hauptplatz setzte ich sie auf.

Ich drängte mich in die Menge, die skandierte: »Don't feed the troll!« und forderte, mich öffentlich aufzuhängen.

In unbekanntem Territorium lauerten überall unsichtbare Raubtiere. Außerordentliche Behauptungen erforderten außerordentliche Beweise. Jedes weitere Detail komplettierte das Puzzle.

Ich war mir sicher, dass ich sie finden würde. Wir würden uns wiedersehen. Alles würde sich aufklären.

»Nimm die Maske ab!«

»Nehmt ihm die Sturmhaube ab, sofort!«, brüllte mich eine Männerstimme an.

Der Moment der Wahrheit.

Jemand riss mir das Stück Stoff vom Kopf.

»Ich muss dringend mit Johanna sprechen, ich habe eine lebenswichtige Nachricht für sie«, sagte ich.

Meine neue Stimme konnte ich bereits ganz passabel modulieren. In den Tiefen klang ich wirklich fürchterlich.

»Das ist nicht der Troll!«

»Noch so ein Monstrum, aber ein anderes.«

»Ist heute vielleicht Halloween?«

»Lasst die arme Sau in Ruhe. Wer weiß, was ihm passiert ist. Wir suchen weiter!«

»*Don't feed the Troll, den perversen Proll, jawoll, jawoll! Wo isser, der Pisser? Wir kriegen dich, du Arschgesicht!*«, skandierten sie gemeinsam mit Vaterland.

Der Mann, der mir befohlen hatte, die Maske abzunehmen, führte mich weg. Mein Herz klopfte. Ich freute mich, hatte aber auch Angst. Wir quetschten uns durch die wilde Menschenmenge.

Sie stand hinter der Bühne in einem kleinen Backstage-Bereich, einem schäbigen Zelt voller Soldaten, die vor Kälte bibberten. Letzten Endes ließen sie Johanna gar nicht erst auf die Bühne. Sie brauchten sie nicht mehr.

Sie sah aus, als wären nicht ein paar Wochen vergangen, sondern ein Jahr. Bis auf die Knochen abgemagert, dick geschminkt, unter dem Mascara bleich wie der Tod. Sie starrte mich an.

»Wer sind Sie?«, fragte sie.

»Wir müssen zueinander absolut ehrlich sein. Keine Kompromisse, keine Lügen, keine Heuchelei. Einverstanden? Schaffst du das?«

Sie konnte den Worten kaum glauben, die sie gerade gehört hatte. Sie musterte mich vom Kopf bis zu den Füßen.

»Ich versuch's, klar«, stotterte sie.

»Keine Zweifel!«, blaffte ich zurück.

»Ich dachte, schlimmer könntest du nicht mehr aussehen«, sagte sie, als sie sich vom ersten Schock erholt hatte.

Wir verließen das Zelt gemeinsam. Setzten uns in ein nahegelegenes altes Lokal, noch aus den Zeiten des Anführer-Regimes. Johanna weinte so sehr, dass die Gläser klirrten. Sie saß da mit hängenden Armen und zitterte. Aus der Nase kam ihr der Rotz, über die Wangen flossen Tränen und Wimperntusche.

»Hast du den Film mit meinem Vater und meinem Bruder gesehen?«, fragte ich.

»Zehnmal.«

Wozu hatte ich überhaupt gefragt?

»Schaust du ihn dir mit mir ein elftes Mal an?«

Sie lächelte.

»Du siehst schrecklich aus. Ein bisschen erinnerst du mich an einen Superhelden. Leider an den Bösewicht.«

»Du bist wirklich eine unsichtbare Heldin.«

»Unsichtbar bist eher du.«

Sie hörte mir in ihrer eifrigen Art zu und runzelte die Augenbrauen. Sie kam ins Reden über die Verhöre, denen sie unterzogen worden war. Über die Tage und Nächte im Arbeitslager, über die endlosen Stunden, die sie bei Frost auf dem Appellplatz stehen mussten. Über die Sklavenarbeit in einer Fabrik. Über die Bestrafung, die ihre Mitgefangenen wegen ihrer Langsamkeit und Unerfahrenheit für sie bestimmt hatten. Über die unendliche Angst, dass sie für ein Jahr oder sogar noch länger dort bleiben müsste.

Ich brachte kein Wort heraus. Alles in mir war ein einziger Widerspruch.

Gegen zwei Uhr am Morgen gingen wir hinaus. Das Wetter hatte sich verschlechtert. Auf die Stadt hatten sich graue Nebelfetzen herabgelassen. Stechender Regen trommelte auf Blech. Dann wurde plötzlich alles still, und es fielen die ersten Schneeflocken, groß wie Flaumfedern.

Ich übernachtete in der Wohnung von Johannas Eltern auf der Couch, umgeben von der fantastischen Bibliothek. Ich konnte vom Anblick der Bücher nicht genug bekommen. Sie kamen mir vor wie aus einer anderen Welt. Am liebsten wäre ich sitzen geblieben, bis ich alle Bände, einen nach dem anderen, durchgelesen hätte.

Wir saßen nebeneinander. Mit meinem Atem wärmte ich ihre durchgefrorenen Finger. Johanna schlief ein, und im Tiefschlaf schlug sie ihre nichts wahrnehmenden Lider auf, verdrehte die Augäpfel und fiel in einen seltsamen Zustand, der ein wenig an den Tod erinnerte.

※

Ein paar Wochen später kehrten wir in die Zentrale zurück. Wir kamen mit einem konkreten Plan. BlockFake brauchte ein Gebäude. Wir dachten an eine Crowdfunding-Kampagne für die Renovierung und die ersten Arbeitsmonate.

Gegen Lüge und Desinformation, gegen die Angst und das Böse, gegen organisierte Korruption, Verachtung und Arroganz. Und für eine Entschädigung der Trolling-Opfer. Ich würde gern all ihre Namen festhalten, aber Listen gab es keine, und wo sollte man sie hernehmen? Mühsam fischte ich sie aus meinem Gedächtnis.

Ein riesiger Haufen Arbeit.

Am Abend zuvor hatte ich mich bei Stern entschuldigt. Es war mir nicht leicht gefallen, aber ich hielt es für einen wichtigen Schritt zu einem Neuanfang. Er reagierte mit seiner üblichen Ironie. Er wüsste es zu würdigen, dass er diesmal das Gesicht des Täters kannte, nur dass der Betreffende eben keins hätte.

Ich überlegte, auch bei Mutter zu klingeln, riskierte es aber lieber nicht. Ich hatte Angst, dass sie mich verraten würde.

Zum Glück durfte ich vorläufig bei Johanna wohnen.

Wir nahmen die Straßenbahn und fuhren zum alten Fabrikgelände. Auf das entvölkerte Areal fiel leichter Winterregen. Vom Wachschutz keine Spur. Das Tor stand sperrangelweit offen.

Wir legten einen Schritt zu. Wichen den Gruben aus. An der Eingangstür sahen wir tiefe Kerben und abgebrochene Bleche. Wir gingen hinein, blieben stehen, das Wasser tropfte von uns herab auf den Boden. In der Ferne spielte eine Punkband.

Wir standen da wie angenagelt. Von der ursprünglichen Ausstattung im Innern war fast nichts übriggeblieben. Die Computer und andere Einrichtungsgegenstände hatte jemand mitgenommen. Wir bemerkten frische Kratzer und schwarze Spuren stumpfer Gewalt. Unbekannte hatten die Zargenstützen herausgebrochen, die Beschläge unter den Klinken herausgerissen und sich dann offensichtlich mit den Schultern gegen die Tür geworfen, um hineinzukommen. Sie hatten Papiere aus den Schränken gerissen, Schubladen in der Raummitte auf einen Haufen geworfen. Schriftstücke hatten sie mitgenommen. Auf dem Boden ringelten sich Kabel in mehreren Knäueln. Die Monitore waren weg, die Tastaturen ebenfalls.

Nur an einer seitlichen Wand hing ein Foto des Mönchs und Einsiedlers Seine Hochwohlgeboren Jewgeni Semjonow. Er stand dort im Profil, eingemummt in die Soutane, sodass wir ihm – wie immer – nicht ins Gesicht sehen konnten. Auch der Motivationsspruch fehlte nicht. Wir nahmen ihn zur Erinnerung mit.

*

Wir gingen nach Hause. Redeten über Valys, der angeblich bereits im Nachbarland tätig war und seine Strategie komplett neu erfunden hatte. Und über die weite Seele des Reichs, die wir für eine Ausgeburt der Propaganda hielten.

Was nun?

»Das Reich kehrt jetzt die Zukunft in die Vergangenheit um. Es schaut zurück«, sagte Johanna. »In solchen Epochen brauchen die Menschen literarische Drogen. Die Autoren sollten sich Mühe geben, ihnen reinen und starken Stoff zu liefern.«

✼

Wir fahren wieder jeden Morgen in die Zentrale. Johanna leitet ein Team von Freiwilligen, die helfen, im Land das kritische Denken zu entwickeln, Medienerziehung an den Gymnasien unterrichten, Manipulationen aufdecken und auf Propaganda aufmerksam machen. Eine schwere, undankbare Arbeit. Ich kann mir lebhaft vorstellen, was in den Foren über sie geschrieben wird.

Das Internet habe ich mir untersagt. Ich sitze seit einem halben Jahr in Valys' ehemaligem Büro und lege auf einer alten mechanischen Schreibmaschine Zeugnis ab über die Trolle.

Johannas Anstrengungen werden von mehreren Seiten torpediert. Erneut ist sie zur Zielscheibe von Angriffen geworden, aber sie erträgt sie tapfer. Sie weiß genau, dass man am leichtesten Personen, Organisationen oder Staaten dämonisieren kann, die bereits nachweislich Fehler gemacht und ihr Versagen sogar zugeben haben.

Ringsum sieht vorläufig alles ruhig aus. Der Wirtschaft geht es halbwegs gut. Die Arbeitslosenquote hält sich auf ziemlich niedrigem Niveau. In den vollen Geschäften drängen sich die Käufer. Scheinbar herrscht Frieden.

Die Geschichte wiederholt sich nicht, aber man kann aus ihr Lehren ziehen, sie kann warnen.

Bis heute verblüfft es mich, in welch ungewöhnlicher Sicherheit sich die Leute zu der Zeit gewähnt haben, als der Informationskrieg ausbrach, der sich später zum Hybridkrieg auswuchs. Sie lebten in totaler geistiger Naivität. Das Damoklesschwert hatte schon seit Jahren über ihnen gehangen, aber sie nahmen es nicht wahr, maßen den Vorzeichen keine Bedeutung bei, nahmen die Risiken auf die leichte Schulter. Ein seltsamer, komischer und auch gespenstischer Anblick. Ich hoffe, dass ich ihn nie wieder zu Gesicht bekomme und nie mehr die Konsequenzen erleben muss.

※

Wenn Journalisten Johanna nach dem ungewöhnlichen Menschen an ihrer Seite fragen, antwortet sie, was ich ihr empfohlen habe.

In einem russischen Roman hält ein wahnsinniger Adliger die bereits verwesende Leiche der von ihm geliebten Frau für eine begehrenswerte Schönheit und erläutert: Auch die Sonne hat Flecken.

Dank an:
Peter Michalík,
Radanka,
meine Eltern.